울면서 걷다

울면서 걷다

지은이 한여울
펴낸이 임상진
펴낸곳 (주)넥서스

초판 1쇄 발행 2019년 6월 14일
초판 2쇄 발행 2019년 6월 20일

출판신고 1992년 4월 3일 제311-2002-2호
10880 경기도 파주시 지목로 5 (신촌동)
Tel (02)330-5500 Fax (02)330-5555

ISBN 979-11-6165-645-8 03810

이 도서의 국립중앙도서관 출판예정도서목록(CIP)은
서지정보유통지원시스템 홈페이지(http://seoji.nl.go.kr)와
국가자료공동목록시스템(http://www.nl.go.kr/kolisnet)에서
이용하실 수 있습니다. (CIP제어번호 : CIP2019022017)

www.nexusbook.com

나 자신이 물고기 같다는 생각을 자주 한다. 온
종일 빼끔거리며 발악조차 하지 못하고 튀어
오르기를 반복하는, 팔다리 없는 생물체의 초
라한 날갯짓. 상처투성인 물고기는 포기할 줄
몰랐다. 바다 안에서만 헤엄치라는 법 있는가.
부족한 나를 탓하기보다는, 더 높게 튀어 오르
기 위해 밤을 지새웠다. 어느덧 눈을 떠보니 구
름 위 세상도 구경하고 밤하늘이 숨 쉬는 소리
도 듣게 되었다. 그렇게 나는

한
여
울 지
음

울면서
걷다

나 자신이 물고기 같다는 생각을 자주 한다.
온종일 뻐끔거리며 발악조차 하지 못하고 튀어 오르기를 반복하는,
팔다리 없는 생물체의 초라한 날갯짓.

딱히 잘하는 것도, 할 줄 아는 것도 없었으니 '할 수 없다'라는 말을
숱하게 듣고 살아왔다.
학교에서나, 사회에서나 그저 나약한 물고기에 불과했다.

하지만 상처투성인 물고기는 포기하지 않았다.
바다 안에서만 헤엄치라는 법 있나.
부족한 나를 탓하기보다는,
더 높게 튀어 오르기 위해 밤을 지새웠다.
어느덧 눈을 떠보니 구름 위 세상도 구경하고
밤하늘이 숨 쉬는 소리도 듣게 되었다.

그렇게 나는 울면서도, 앞으로 나아가는 방법을 터득했다.
따뜻한 햇살만으로 꽃은 피어나지 않는다.
가끔은 몇 방울의 빗방울이, 바람이, 약간의 먼지가,
거친 흙이, 그를 더 단단하고 찬란하게 만든다.

내가 느꼈던 솔직한 감정을 그림으로 표현하고자 했다.

대단한 것이나 몰랐던 것을 전달하는 사람이기 전에
슬프면 슬프다고 말할 수 있는 사람,
기쁘면 기쁘다고 말할 수 있는 사람이 되고자 한다.

고집불통인 딸을 지혜롭게 키워주신 어머니,
넓은 바다와 같은 마음을 가진 아버지,
그리고 하나뿐인 언니에게 감사하고 사랑한다는 말씀을 드린다.
'나'라는 작은 불빛을 처음으로 발견해준 넥서스 출판사에
깊은 감사를 전하고 싶다.

마지막으로 내 글과 그림이
찬란한 빛을 가진 그대에게 닿길 바란다.

한 여 울

contents

홀로 걸어도

나의 상처에게

어느 날 담임선생님이 내게 복도에 걸어둘 시를 써오라고 하셨다. 수업이 끝나고 종종 교실에 홀로 남아 그림을 그리던 아홉 살의 나에게 찾아온 특별한 기회였다. 설레는 마음에 잠도 이루지 못한 채 밤새 기쁘게 시를 짓고 그 옆에는 조그마한 그림도 정성스럽게 그렸다. 하지만 다음 날에도, 그다음 날에도 내 시는 복도에 걸리지 않았다.

약속은 지켜지지 않았다. 잊어버렸거나 잃어버렸거나 아니면 내 시가 마음에 들지 않았을 수도 있다. 기억의 오류일 수도 있겠지만 그날 이후 나는 쪼그라든 귤처럼 소심해져 갔다. 질문을 하는 것도 괜히 망설여졌고, 새로운 친구를 사귀는 것조차 외면받을까 두려워 선뜻 먼저 움직이지 못했다.

'외면'은 '버림받다'의 다른 말이란 것을, 알았다.

인간관계에서 소외되었을 때, 아무리 열심히 노력해도 원하는 결과물을 얻지 못했을 때, 타인에게 인정받기란 결코 쉬운 일이 아니라는 것을 알았을 때, 상처라는 거대한 파도가 밀려온다. 결국 살아가다 보면 수많은 상처들과 마주하게 된다.

마음의 상처에 딱히 치유법은 없다. 상처 받지 않는 방법도 없다. 심지어 지나가다 돌부리에 걸려 넘어져도 무릎에 생채기가 나니까. 쪼그라든 마음은 좀처럼 회복되지 않는다. 시간이 흐르면 그 상처가 저절로 무뎌지면서 잘 견뎌냈구나 싶지만, 새로운 상처와 또 마주하면 다시 무방비 상태가 된다.

상처 받을 수밖에 없다면, 그 상처에 말을 건네보는 건 어떨까? 거기 잘 지내고 있냐고, 미안하지만 나는 앞날에 좀 더 신경을 써야겠다고, 너를 껴안고 괴로워하기에는 내 시간이 너무나 아깝다고, 그러니 서운해하지 말라고. 대신 생각날 때마다 네 안부를 묻겠다고.

오늘도 상처에 말을 건네본다.

걸어도 걸어도 1

가끔 혼자 여행을 간다. 그 이유는 단순하다. 설렁탕을 먹으러 가다가 아무 이유 없이 발길을 돌려 고등어구이 전문점을 가도 되기 때문이다.

평소에 나와 잘 맞았다고 생각한 사람들과의 여행도 아쉬운 적이 많았다. 분명 반나절 동안 밥을 먹고 커피를 마셨을 때는 생기지 않았던 문제들이 여행지에서는 고개를 내민다.

아무리 친해도 나와 딱 맞는 여행 동반자를 찾기는 쉬운 일이 아니다. 어느 한 부분이 좋으면 다른 하나가 아쉽다. 그래서 나는 혼자 떠난다. 타협을 포기하고 고독을 안은 채.

걸어도 걸어도 2

강원도 태백에 홀로 여행을 간 적이 있다. 그곳에 '바람의 언덕'이라는 명소가 있는데, 풍차가 돌아가는 소리를 들으며 경치를 보려고 많은 이들이 정상에 오른다.

그 날은 무더운 여름날이었다. 언덕이 높지는 않았지만, 뱅글뱅글 돌면서 올라가야 꼭대기로 다다를 수 있는 모양새였다. 내게도 동행이 있었다면 택시를 타고 올라갔을 거다.

그 대신 나에겐 든든한 밀짚모자가 있었다. 밀짚모자가 햇빛을 가려줄 테고 튼튼한 두 다리가 버텨줄 것이며 약간의 바람이 나를 식혀주지 않을까. 막연한 희망을 안고 터벅터벅 걸어 올라갔다. 중간중간 걷다가 멈추기를 반복하며 정상까지 오르는 데 3시간 남짓. 눈앞이 보이지 않을 정도로 햇빛이 쨍쨍할 때 올라가기 시작했는데, 꼭대기에 도착하니 노을 진 풍경이 눈에 들어왔다. 달궈진 내 몸이 식을 때까지 한동안 그 자리에 서 있었다.

사실 아래에서 본 배추밭이나 위에서 본 배추밭이나 크게 다를 게 없었다. 넓고 야트막한 동산에 초록색 풀밭과 커다란 바람개비가 전부였지만, 왠지 모를 뿌듯함이란. 더위와 싸우며 견딘 시간, 타협하거나 포기하지 않았던 단단함, 그때의 마음가짐… 그런 것들이 차곡차곡 쌓인 시간. 비록 3시간이었지만 첫걸음을 내딛었을 땐 다다르기까지 얼마나 걸릴지 알 수 없었다.

걸어도 걸어도 끝이 보이지 않을 거라고 생각했던 시간 끝에 정상보다 더 빛나는 내가 서 있었다.

여울

‘여울’의 우리말 뜻은, 좁은 바위틈 사이로 세차게 흐르는 물이다. 어머니는 아무리 큰 고난이 오더라도 누구보다 힘차게 잘 헤쳐 나가라는 의미로 지으셨다고 한다.

나는 내 삶을 이름처럼 살아가고 있을까.

삶은 흐른다,
마치 여울처럼.

자전거 탄 소녀

취미란 무얼까. 가끔씩 시간이 붕 뜰 때가 있다. 오로지 나만을 위한 시간이 남겨져 있을 때, 그럴 때 스스로에게 즐거움을 주기 위해 하는 거 아닐까. 내 취미는 자전거 타기다. 그냥 타는 게 아니라 우걱우걱 뭘 먹으면서 자전거를 탄다. 심지어 한 손으로 초콜릿 케이크를 들고 조금씩 베어 먹으며 탄 적도 있다. 아이스커피도 한번 도전하고 싶은데 원기둥 형태라 좀 위험하다.

화가 나거나 속상한 일이 있을 때도 자전거를 탄다. 자전거를 타면 경험하게 되는 것들이 있다. 먼저 바람을 마음껏 쐴 수 있다. 또 운동하는 기분이 들면서도 구토가 나올 정도로 힘들지는 않다. 마지막으로 이어폰으로 좋아하는 음악을 들으면 그야말로 찰떡궁합이다. 내 머릿속을 맑게 해주는 세 가지 '바람, 운동, 음악'. 자전거는 이 세 가지를 모두 충족시킨다.

자주 가는 두 코스가 있다. 한강은 유독 화가 나거나 속상할 때 가곤 한다. 강가는 바람이 더 많이 불어 복잡한 머릿속이 더욱 맑아지고, 깊이가 보이지 않는 물속 어둠이 내 마음을 대변해주는 것 같아 위안이 된다. 자전거 위에서 울어본 적 있는지. 정말 그 누구도 모른다. 하늘만 알고, 땅만 알고, 나만 안다.

평범한 날이나 기분이 좋을 때는 자전거를 타고 올림픽공원에 있는 샌드위치 가게에 간다. 집에서 30분 정도 걸린다. 그곳 샌드위치의 맛은 아주 기막히다. 자전거를 세워놓고, 뜨거운 커피와 함께 연어 샌드위치를 먹는다. 가끔 책을 챙겨 와서 읽기도 하지만, 그저 멍하니 앉아서 여유를 즐기다 오기만 해도 좋다.

물 위로 자전거를 타는 상상을 해본다. 그 끝이 어딘지도 모른 채 계속 달리는 상상을. 시원한 바람에 머리카락이 흩날리고 아름다운 음악을 한없이 들으며 구름이 가는 방향으로, 계속 달리는 상상을.

다행이다, 이런 해방구가 있어서.

침묵

평소 같았으면 웃어넘겼을, 별 뜻 없는 상대방의 말이 비수가 되어 꽂히는 날이 있다. 어떤 의미를 품었는지는 더 이상 중요치 않다. 난 이미 까칠해졌으니. 하고 있는 일이 잘 풀리지 않을 때, 이런 일이 생긴다. 누군가를 이해하고 포용해줄 만큼 마음이 현재 여유롭지 않기 때문일까. 알면서도 괜히 심술이 난다.

어느 순간 더 이상 말을 잇지 않고 침묵한다. 당신과 나 사이의 틈을 억지로 만들어내거나 간극을 넓히기 위함이 아니라 그 관계, 그 상태를 유지한 채 잠시 내려놓는다.

침묵은 시간이 필요하다는 외침이다.

내일은

내일 아침은 분명 좋은 하루가 시작될 것이다.

일어나자마자 상쾌한 기분일 테고
바람은 시원하고 날씨는 매우 맑을 것이다.
기지개를 켜는 순간 뭉쳐 있던 근육이 모두 풀릴 테고
새롭고 기분 좋은 아침을 맞이할 것이다.

내일은 분명 그럴 것이다.
내일은.

이 순간은 처음

우리는 매번 새로운 순간을 맞이한다.

2019년 6월 14일 오후 10시 34분 12초는

다시 돌아오지 않는 것처럼.

그래서 우리는 충분히 변할 수 있고, 도전할 수 있고,

다시 시작할 수 있다.

이 순간이 처음이라서

조금 서툰 거니까.

초록 물통

늘 물통을 가지고 다녔다. 플라스틱 물통이었는데, 시시때때로 물을 마시는 것을 좋아했다. 교실에 도착하자마자 복도에 있는 정수기에서 물을 가득 받는 것이 하루 일과의 시작이었다. 초록색 플라스틱 통 안에 든 차가운 물이 찰랑거리며 영롱한 색깔을 띠었다.

그런데 물통을 책상 위에 올려두면, 친한 사람이든 별로 친하지 않은 사람이든 내 동의를 구하지도 않고 내 초록색 물통을 들고 돌아가면서 한 입씩 마셔댔다. 내가 떠온 물은 늘 그렇게 쉽고 빠르게 사라졌다. 그렇게 가벼워진 나의 물통은 책상이 조금만 흔들려도 툭 하고 떨어졌다. 학창시절의 나는 마치 그 물통 같았다. 바람이 불어도 쿵, 누가 살짝 밀어도 쿵. 내 것을 빼앗기지 않으려는 욕심을 부리지 않아 이리저리 흔들린 채로 추락했다.

겨울방학이 다가올 무렵, 고민 끝에 드디어 용기를 냈다. 누군가 나의 초록 물통을 향해 손을 뻗으면, 먼저 낚아채 이제 마시지 말라고 일일이 알렸다. 모두에게 친절한 사람이 되는 것을 포기하고 물통 하나 빌려주기 싫어하는 쪼잔하고 치사한 사람을 택했더니 마음이 편해졌다.

그동안 왜 말 한마디 하지 못했을까, 나를 함부로 방치해도 괜찮다 자위하며 모두와 좋은 관계를 유지하고 싶었던 걸까? 그날 이후 초록색 물통은 더욱더 영롱한 빛깔을 띠었다. 창문 틈 사이로 새어 나오는 햇살에 비친 수증기가 옥구슬처럼 빛났다.

그리고 나는 조금 더 단단한 사람이 되었다.

추억 자판기가 필요해

생각할수록 후회되는 일이 있다. 아버지가 사준 mp3를 친구에게 팔아버린 일이다. 기계가 그리워서가 아니다. 그 안에 그때 그 시절, 나에게 울림을 주었던 음악이 가득하기 때문이다. 지금은 별 감흥 없다 해도, 그 당시에 큰 위로가 된 음악이 있지 않은가.

즐겨 듣던 음악을 다시 찾아 들어보면 그때의 '나'가 보인다. 무엇 때문에 힘들어했는지, 무엇 때문에 위로 받고 싶어했는지, 이 음악의 어떤 가사가 그 가수의 어떤 목소리가 무너지는 내 마음을 받쳐주고 보듬어줬는지, 희미하게 새어 나오곤 한다.

그러면서 딸려 나오는 과거의 계절, 과거의 감정, 과거의 향기까지 맡을 수 있다. 그렇게 음악은 당시 흐름뿐 아니라 개인의 추억을 담고 있다.

아이팟이 등장한 이후 더 이상 쓸모없어진 나의 낡은 mp3를 가깝게 지내던 대학 동기에게 팔아버렸다. 스마트폰이 생긴 뒤에는 아이팟도 어디로 갔는지 모르겠다.

그렇게 나는 과거를 잃어버렸다. 기억하는 음악도 있지만 그렇지 못한 게 더 많다. 자주 잊는다. 현재도 잊어버리고 또 잊어버린다. 한두 곡만 남기고 사라져버린 가수는 이름도 곡명도 기억나지 않는다. 건전지만 있다면 무한 재생이 가능했던 작은 기계. 그 안에 나의 추억이 담긴 그 음악들을 다시 찾고 싶다.

추억 자판기가 있다면 어떨까. 과거의 한 장면을 기억 속에서 꺼내면, 그때 좋아했던 음악까지도 함께 들을 수 있는, 낙엽소리가 날 것만 같은 그런 자판기가 내게 필요하다.

이상한 습관

도서관에서 책을 잔뜩 빌린다. 그러고 나선 읽지도 않고 반납도 하지 않는다. 고등학생 때부터 이런 습관이 있었다. 몇 권의 책이 가방에 담겨 그 묵직한 무게가 내 어깨를 짓누르는 느낌이 좋다. 한 권으로는 어쩐지 아쉽다. 도저히 발길이 떨어지지 않는다.

세상에 있는 모든 책을 다 읽어버리고 싶은 욕망으로 그득하다. 예전에도 그랬고 지금도 그렇다. 그렇지만 지독하게 게을러서 빌려온 책도 채 읽지 못한다. 투지는 있는데 의지가 없다. 오늘도 연체 문자 알림이 울린다. 2주일째 밀리고 말았다. 5권을 대여했는데, 아직 한 권도 다 못 읽었다. 가끔 참 답이 없다.

그대에겐 답 없는 습관이 없는지…

울면서도 한 걸음씩

불치병을 앓고 있다.

앓는다는 표현이 적절한지 모르겠다. 아직까지 고통이 느껴지지 않고 아프지도 않다. 또한 현재의 일상을 방해하지도 않는다. 그러다 보니 나조차도 병명을 한 번에 제대로 떠올린 적이 없다. 가족도 친구들도 나에게 불치병이 있다는 것을 자주 잊는다.

하루에 두 알, 손톱만 한 약을 매일 먹는다. 이 약은 병의 악화를 늦추기만 할 뿐, 그 이상의 효과는 없다. 분명한 것은 언젠가 큰 고통이 따를 것이며, 신장 한쪽을 잃을 수도 있다고 한다. 병명이 생각나지 않을 때마다 검색을 한다. IgA 신증, 이 질병에 대해 아는 게 거의 없다. 무슨 약을 먹느냐고 누군가 물어보면 그저 신장이 안 좋다고만 답한다.

초등학교 때 발견되어 큰 병원으로 보내졌다. 흰색 가운을 입은 사람들이 나를 둘러싼 채 토론했고, 내 배에 기다란 막대기를 관통시켰으며, 난 한 달 동안 병원에 갇혀 지냈다. 그것이 첫 만남이었다.

그는 내 안에 수십 년째 잠들어 있다. 투명한 형체의 그는 큰 공간을 차지한 채 내부의 흐름을 방해한다. 잡으려고 해도 잡히지 않고, 죽이고 싶어도 죽일 수가 없다. 아무런 권한과 권리도 없으면서 내 몸 안에 찰싹 붙은 채 떨어지지 않는다.

오랫동안 복용한 약 때문인지 내 육체는 늘 병들어 있다. 무얼 해도 무기력하고, 잔병치레가 끊이지 않았다. 하루하루 불행의 나날을 보냈다. 아픈 것 때문에 우울한 것이 아니었다. 좋아하는 것을 하지 못했고, 뭐든 전부 억압받았다.

방에 틀어박혀서 매일 울었다. 내 육체와 정신이 행복하지 않으니, 무얼 해도 의미가 없었다. 새로운 세계에 뛰어들 용기와 기쁨이 존재하지 않았기 때문에 대학도 가기 싫었다. 그렇게 아무도 만나지 않고, 먹지도 않고, 울며 지내다가 낙서를 하기 시작했다.

지금 나의 괴로운 상태, 고통스러운 감정을 어떤 형태로든 해소하고 싶은 마음에 연필을 잡았다. 이전처럼 밝고 유쾌한 그림들을 그리지는 못했지만, 나름 고통이 완화되는 듯했다. 그러다 문득 한 가지 사실을 깨달았다.

나 자신을 스스로 사랑하지 않으면, 누가 나를 구원해줄까? 아무도 없다. 가족도, 친구들도, 심지어 의사도 나를 일으켜주지 않는다. 그들의 걱정과 염려는 감사하지만 도움이 되지는 않는다. 그렇게 병과 결별하기로 선언했다. 너는 너대로 숨 쉬며 살아가라, 나는 나의 삶을 살아갈 테니.

처음으로 방을 넘어 문턱을 너머 집 밖으로 나왔다. 눈물을 닦으며 걸었다. 조금 더 속도를 내보았다. 빠르게 걷기도 하고, 뛰어도 보았다. 여전히 배는 아팠고 가슴은 답답했지만, 그동안 먹고 싶었던 것들을 즐기고 친구들도 만나며 하루를 보냈다.

그를 무시하기 시작했다. 그의 존재를 잊으려고 애썼고, 나의 삶에 전념했다. 그리고 언젠가 나아질 것이라고 확신하고 또 확신했다. 아프고 병든, 나의 괴로움을 그대로 표현한 그림으로 포트폴리오를 완성했고, 믿기지 않았지만 원하던 대학에 합격했다.

이후에도 병은 지속되었지만, 이전처럼 나약한 내가 아니었다. 그는 내 안에 잠들어 있었지만, 내 삶까지 관여할 수 없는 명백한 타인이라고 스스로 되뇌었다. 그렇게 꽤 시간이 흘렀고, 그사이 놀랍게도 원인 모를 위병은 감쪽같이 사라졌다. 배도 아프지 않았고, 음식도 편히 먹을 수 있었으며, 더 이상 우울하지 않았다.

잔병을 떠나보냈지만 아직 나에게는 불치병이라는, 큰 병이 잔존한다. 내 삶에서 아무리 무시하려고 해도 떼어낼 수는 없다. 그와 나는 한 몸이 되어 죽을 때까지 고군분투하며 지내다가 함께 나이들 것이다.
이제는 그가 밉지 않다.

외로움이라는 집

나에게 집은 부정적인 공간이다. 잠을 자고 밥을 먹고 몸을 씻는 익숙한 공간, 그 공간에 있을 때면 유독 외로움을 느낀다. 고요와 정적은 불안을 안긴다. 모든 것이 그 자리에 그대로 머물러 있는 것을 보고 있자면 아무 발전 없는 나를 보는 것 같다.

괴로운 사색을 하느라 밀려오는 잠을 어떻게든 밀어낸다. 그렇게 잠을 거부하는 것이 습관이 되어버렸다. 악몽을 자주 꾼다. 아주 오래전부터 누군가 나를 쫓는 꿈을 반복적으로 꾸고 있다. 두려움에 떨면서 작은 공간에 몸을 웅크려 숨거나 뒤를 힐끗힐끗 돌아보며 필사적으로 뛴다. 고통스러운 꿈에서 깨어나면 납작한 종이 인형처럼 펄럭인다.

집이 나에게 주는 이 위압감은 무얼까.
나는 왜 그것으로부터 자꾸 도망치려고 할까.

그렇게 힘없이 펄럭이다가 여기저기 붙었다 떨어진다. 포스트잇처럼 붙임과 분리의 과정을 반복한다. 결국 불편한 자세로 어설프게 잠이 든다. 내게 외로움은 도통 마음을 잡지 못한 채 허공을 떠다니는 행위다. 괜히 애꿎은 집에 모든 원인을 넘기고 싶다. 집은 고요하기 때문에, 내게 외로움을 가져다주는 것이라고.

그에게 원인을 떠넘기고 싶다.
그에게 이 외로움을 떠넘기고 싶다.

삐딱하게

모든 것이 미워 보일 때가 있다.

사물이 되었든 사람이 되었든 평소라면 반듯하게 바라보았을 대상이 아니꼽고 거슬리게 느껴지는 순간이 있다. 한번 밉다는 생각이 들면 그 미움의 출처나 과정은 중요하지 않다. 그냥 미우니까 더 이상 보고 싶지 않고 피하고 싶은 거다. 어느새 그 미움은 지구를 넘어서 우주로 뻗어나간다.

상대는 늘 그 자리 그 공간에 있었을 뿐인데 괜히 혼자 심통을 부린다. 어떤 기억 때문이다. 어떤 기억의 단면과 맞닥뜨렸기 때문이다. 이해되지만 용서하지 못했던 것들. 분노, 질투, 시기, 이기심. 무중력 상태에서 둥둥 떠다니다가 조금이라도 신경이 날카로워지는 날, 지들끼리 똘똘 뭉쳐서 커다란 정사면체를 만들어낸다. 나의 시점에서 만들어낸 삐딱하고 각진 형체, 바로 미움이다.

미움이 또 다른 미움을 만나 커지면 커질수록 점점 더 단단하고
거대한 형체로 몸을 불린다.

그럴 때는 모든 것을 내려놓고 시청각 거리를 둔다.
까칠해진 마음이 둥글게 다듬어질 때까지 몸을 웅크린다.

그리곤 잠을 청한다.
아무리 생각해도 괜찮은 방법이다.

세상 끝에서 한 잔

당장 눈앞의 현실이 무겁게 느껴지면서 느닷없이 침울해지는 순간이 있다.

조금이라도 컨디션이 좋지 않은 날에는 과거의 불행이 대단한 사건처럼 느껴지고, 나는 결국 실패하고 말았다는 결론에 이른다. 연이어 왜 이리 못났는지, 왜 이리 어리석은 행동을 했는지에 대해 수백 수천 번의 후회가 몰려온다. 잊고 싶은데, 잊기 어려운 기억들이 있다. 그 기억들이 일상의 흐름을 지독하게 방해한다.

그렇게 가상의 세계를 하염없이 그려낸다. 온전한 정신을 가지고 있다는 것은 큰 축복이자 행운이지만, 어떤 날은 그마저 거부하고 싶어진다.

그런 이유로,
인간은 취하는 것 아닐까.

차가운 액체가 목구멍을 통과하는 순간, 육체 안에서 흐르던 어두운 그림자가 밑으로 꺼지고 정신은 어느덧 희미해진다. 잊고 싶은 기억이든 잊기 싫은 기억이든 더 이상 관여할 수 없다. 모든 기억이 수증기처럼 사라진다. 고통이 고통스럽지 않다는 데 안도한다. 그리하여 나는 오로지 나로 남는다. 그 이상도 이하도 아닌, 그저 '나'로 남는다. 그런 나는 슬프고 괴로운 과거는 잊고 다가오는 미래에 모든 희망을 건다.

어느덧 투명한 빈 잔에 비친 내 모습이
희미하게 떠오른다.

눈을 질끈 감는다.
또다시 술을 채운다.

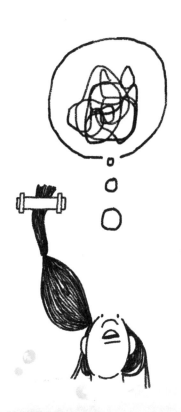

고민공장

최악을 상상하는 버릇이 있다. 모든 상황이 안 좋게 흘러갈 거라는 여지를 항상 마음 한 켠에 둔다. 가끔 그런 내가 꽤나 심각한 비관론자 같다. 아무리 생각해도 내 안에 커다란 고민공장이 있는 게 분명하다. 그는 내가 태어날 때부터 함께 건설되었으며, 지금껏 활발하게 수많은 고민을 생성해내고 있다. 행태를 보아하니 아마도 평생 연중무휴로 운영될 예정인 듯하다. 그러나 놀랍게도 늘 상상하던 그 '최악'은 생각보다 자주 일어나지 않았다. 오히려 비관에 빠져 최악을 상상하다 보니, 여러 대비책을 과하게 세우다가 의도치 않은 결과물을 얻기도 했다.

비관은 오히려 나를 더욱 움직이게 만들었고,
노력의 최후는 좋은 결과를 안겨주었다.
절망이 낳은 굉장한 아이러니가 아닐까.

3대 개똥철학

옷 안 산다.

약속 안 잡는다.

커피는 사 마신다.

나의 3대 철학이다. 사실 개똥철학이다. 일하고, 숨 쉬고, 공부하고, 일하고, 뭔가를 만들어내고, 공부하고, 일했다. 지금은 일하지도 않고 학교도 끝나가고 어설프게 글을 쓰고 있다.

3대 철학은 있지만 4대 보험은 안 들었으니 백수일 수도 있다. 변변찮은 그림실력이지만, 감사하게도 미술학원에서 꽤 오래 선생노릇을 할 수 있었다. 덕분에 커피 살 돈은 생긴다. 가끔 커피값을 벌기 위해서 일하는 것 같기도 하다. 공부라고 해봐야 시나리오 관련 서적만 몇 달째 읽고 있다. 미미하지만 꾸준히 읽고 메모한다. 신기하게도 글을 쓰기 시작하면 공부한 것이 하나도 적용이 안 된다. 늘 미스터리다. 언젠가 꼭 내가 쓴 시나리오로 장편영화를 찍고 싶다. 머지않은, 가까운 미래에 말이다.

20대의 끝자락에 있는 나에게 누군가 몇 살이냐고 물어보면 잠시 뜸 들이게 된다. 다음 질문이 기대되지 않는다. 내가 생각해도 뭘 하는 사람인지 불분명하다. 직업을 묻거나 무얼 하냐고 물어보면 갑자기 머릿속이 복잡해진다. 차라리 아무것도 안 한다고 답하는 게 편할 때도 있다. 아무것도 하지 않는 건 아닌데 괜히 억울하다.

늘 불안했다. 돈이 없어서 불안, 그럴듯한 직업이 없어서 불안, 꿈을 포기하게 될까 불안했다. 그렇다고 도태되기는 싫어서 남들 다니는 회사도 다녔다. 사회생활 고작 2년 경력으로 감히 말한다. 인간은 한 번에 하나만 할 수 있다. '꽤 그럴듯한 모양새의, 가장 완벽하고 완전한 어떤 것'을 하기 위해서는 그것만 집중적으로 파야 한다. 이 답을 내리기까지 몇 년이 걸렸다. 불안해서 뭔가를 하고, 불안해서 뭔가를 안 했을 때 내린 결론이다.

결국 뭘 해도 불안, 안 해도 불안하다. 그럴 바에는 한 가지만 파자. 그러다 점점 사라져 가는 통장잔고를 보며 어느새 이것저것 하고 있다.

울다가, 조마조마해하다가, 돈이 생기면 맛있는 커피를 사 마신다. 현재 나의 삶이다. 내가 원하는 경지에 이르기 위해서는 이론 공부에 게을리해서는 안 되고, 시사에 능해야 하며, 그로 얻은 통찰로 글을 써내야 한다. 그렇게 오랜 시간을 거쳐서 쓴 시나리오가 꽤 괜찮은 가치로 매겨진다면 투자를 받을 수 있을 테고, 투자를 받는다면 제작에 들어갈 수 있다. 장편영화 감독이라는 꿈은 내 삶의 최종 도착지다.

그 과정 안에서 나는 아주 평범한 사람으로, 때로는 시인으로, 그림 작가로, 미술 선생님으로, 회사원으로 또는 누군가의 배우자로 여러 호칭을 달고 살아갈지 모른다. 얼마나 걸릴지 모르겠다. 단지 그때까지 나를 안심시킬 수식어가 필요하다.

불안, 의심, 후회를 달고 산다. 그럴 때마다 나그네를 찾는다. 나그네는 나그네라는 자체로 무언가를 하는 사람처럼 보인다. 또는 이것도 하고 저것도 하다가, 결국 무엇이 되지 않더라도 괜찮은 사람처럼 보인다. 그래서 스스로 호칭을 붙였다. 난 나그네예요. 나그네니까. 나그네라서요.

그 뒤에 따라오는 말은 모두 용서되는 듯하다.

그래도 3대 철학은 유지하련다.

더 가치 있는 일에 투자할 수 있는 신중함을 기를 것.
고독하다고 누군가에게 의지하지 말 것.
가끔은 나에게 달콤한 선물을 줄 것.

휴지통을
찾을 수 없습니다

청소가 싫다. 어지른 것을 하나씩 꼼꼼하게 정리 정돈해야 하는 이유를 모르겠다.

그래서 내 방은 더럽고 지저분하다. 이사 온 지 얼마 되지 않아 벽지와 가구는 깨끗한데 뭐가 이것저것 많다. 침대의 가장자리에도 읽다 만 책들이 쌓여 있다. 좁디좁은 내 방안은 늘 골동품으로 가득 차 있다.

딱히 필요도 없지만 그렇다고 버려야 할 이유를 찾지 못해 나와 함께 생활하고 있다. 그런 이유인지 몰라도 부모님은 내 방에 잘 들어오시지 않는다. 문을 살짝 열어 놓아도 슬그머니 닫고 가시곤 한다.

평계를 대자면, 난 무언가를 잘 버리지 못한다. 쓰레기통 앞에서도 한참 고민한다. 완성되지 않은 끼적거린 그림 낙서라도 언젠가는 영감을 줄 거라는 생각에 펄럭이는 종이를 차마 반으로 접지 못한다.

그러는 사이에 정신이 지쳐버리고 팔다리는 힘이 빠진다. 결국 원래 있던 자리에 올려두곤 침대에 눕는다.

그렇게

오늘도 휴지통을 찾지 못한다.

경계를 지나

말을 예쁘게 하는 사람

왠지 모를 서운함과 피곤함이 쌓여 예민한 상태에 이르렀을 때, 우리는 종종 진심이 아닌 말로 상대의 마음에 상처를 안긴다. 가장 가까운 사이인 연인부터 친구, 심지어 가족과도 말 한마디로 쉽게 관계가 틀어진다. 서로 감정의 골이 깊어진 채 누가 먼저 대화를 시도하지 않으면 그 관계는 그 상태로 일시정지. 연인이라면 그렇게 이별이 찾아오고, 친구라면 대화 나눌 상대가 한 명 줄어들고, 가족이라면 왠지 모를 씁쓸함과 지울 수 없는 아픔이 남을 수도 있다.

그때, 그 상황에서 나는 왜 조금 더 친절하지 못했을까? 시간이 해결해주는 경우도 있지만, 굉장히 오래 걸릴뿐더러 수동적인 방치에 불과하다. 굳이 유지하고 싶은 관계가 아니라면 상관없겠지만, 좋은 사람과 오랜 시간 쌓았던 교감을 단번에 잃는 것만큼 안

타까운 일은 없다. 이런 서툰 무너짐은 모두 '미운 말'에서 비롯된다. 그 누구의 잘못도 아닌 그 상황에서 좀 더 친절하지 못했던 것, 그뿐이다. 우리가 나쁘고 이상해서가 아니라, 그 누구도 말을 예쁘게 하는 방식을 몰랐기 때문에.

그녀는 나보다 서너 살 많은 언니였다. 한 기수 선배였는데 첫인사를 나눈 뒤 신기할 만큼 빠르게 친해졌고, 같은 수업을 들으며 많은 대화를 나눴다. 누구보다 진실된 이야기에 귀 기울일 줄 아는 사이가 되었으며, 여행지에서는 서로 살아왔던 나날에 대해서 허심탄회하게 털어놓을 만큼 돈독한 우정을 쌓은 사이였다.

하지만 그 날은 달랐다. 학교 과제로 단편영화를 촬영하는 중이었다. 언니는 나의 촬영을 도와주러 온 스태프 중 한 명이었다. 밤을 새워 촬영이 진행되었기 때문에 나를 비롯해 모두 예민해진 상태였다. 그날따라 언니와 합이 맞지 않았다. 정신없는 상황 속에서 내가 진행하고자 하는 것들에 대한 그녀의 의문들이 나의 신경을 건드렸다. 서운한 감정은 촬영이 끝나고도 쉬이 사그라들지 않았다.

몇 명의 배우와 스태프들이 집으로 돌아가고, 나머지는 촬영 장소에서 첫 차가 올 때까지 대기하기로 했다. 불 꺼진 방에서 각자

편한 대로 잠을 청했는데, 평소 같으면 언니를 따라 같은 방으로 향했을 테지만 그날은 혼자 있고 싶었다. 방 한구석에 담요를 깔고 누웠다.

빗소리가 들렸다. 울적함이 더해졌다.

내가 놓친 것은 무엇이며, 어떤 점이 부족했나, 이런저런 생각에 잠이 오지 않았다. 그때였다. 핸드폰이 드르륵 울렸다. 그 진동소리가 고요한 적막을 깨뜨렸다. 새벽 5시가 넘어가고 있었다.

"여울아, 빗소리 참 좋다. 그치?"

그녀의 문자였다. 빗소리가 참 좋다는 말을 시작으로 나에게 고마웠던 것, 미안했던 것들에 대해 장문 메시지가 담겨 있었다. 신기하게도 그 한마디에 모든 서운함이 눈 녹듯이 사라졌다. 우리는 같은 공간, 다른 방에 있었다. 벽을 사이로 두고 문자를 주고받기 시작했다. 곧이어 이런 일로 멀어지고 싶지 않다는 언니의 마지막 문장을 읽고 한동안 답하지 못한 채 멍하니 있었다.

나는 왜 그런 말을 먼저 건넬 생각을 하지 못했을까? 빗소리가 좋냐는 그 말, 그 예쁜 첫마디가 다음 문장을 읽지 않고도 내 마음을 녹였다.

말을 예쁘게 할 줄 아는 사람의 주변에는 언제나 좋은 사람들이 있다. 그리고 그들은 그 사람 곁에서 쉽게 떠나려 하지 않는다. 말을 하지 않으면 서로의 생각을 알 수 없어 오해만 쌓인다. 좋은 사람의 기준은 저마다 다르겠지만, 내가 생각하는 좋은 사람의 기준은 고마우면 고맙다고 미안하면 미안하다는, 말을 할 수 있는 사람. 그런 용기 있는 사람. 그리고 그런 고마움과 미안함을 말로 예쁘게 표현할 줄 아는 사람이다.

연인 사이도 마찬가지 아닐까. 누군가를 깊게 오래 사랑하기 위해서는 나를 낮추고 상대방의 기분을 먼저 생각해주는 것, 겸손함에서 비롯된 아름다운 태도가 먼저 있어야 하지 않을까.

그런 태도는 타인과의 대화에서 가장 잘 드러난다.

고양이와 삽니다

고양이를 키우는 건지는 잘 모르겠다. 어느 날 언니가 갑자기 고양이를 집으로 들였다. 그래서 고양이가 우리집에 들어와 살고 있다는 표현이 더 맞는 것 같다.

나는 동물에 관심이 없다. 어릴 땐 지나가는 개미들을 돌봤고 애지중지 키웠던 병아리의 갑작스러운 죽음에 꺼억꺼억 울기도 했지만, 그건 호기심 가득한 소녀 시절이어서 가능했는지 모른다. 내 친구들은 강아지나 고양이를 참 좋아한다. 그와 달리 나는 털 달린 동물에 대해 그다지 관심도 없고 좋아하지도 않는다. 똘망똘망한 눈과 동글동글한 모양새가 귀엽다며 친구들이 연거푸 사진을 보내와도 나는 무반응이다. 누군가 첫 만남에서 동물을 좋아하느냐는 질문에, 그렇지 않다고 대답하면 어쩐지 내가 정 없어 보이지만 어쩔 수 없다.

언니는 고양이의 이름을 '미미'라고 지었다. 예방 접종할 때 수컷임을 알게 되었지만, 계속 미미라고 부른다. 처음에는 털 달린 생명체가 참 잘 자는구나, 이 정도 감상이었다.

그러다 조금씩 달라졌다. 우선 아침에 일어나자마자 미미의 행방을 찾는다. 가끔 이름을 부르면 이상한 울음소리를 내며 모습을 드러내기도 하지만, 대부분 구석에 숨어 뒹굴고 있다.
그가 집안에서 좋아하는 장소는 정해져 있기 때문에 순서대로 발길을 돌리면 된다. 분홍색 담요가 깔린 높은 서랍장을 거쳐 옷장의 그늘진 구석, 소파의 모서리를 순서대로 훑는다. 99% 적중률로 이중 한 곳에서 납작하게 뻗은 채 뒹굴고 있다.

어느새 미미를 찾아내어 부둥켜안는 게 습관이 되었다. 심히 귀찮은 날에는 온몸을 발버둥 치며 이빨을 드러내 깨물려고 한다. 그럴 땐 재빨리 바닥에 내려놓는다. 고양이도 사람처럼 혼자만의 시간이 필요한가 보다.

새벽부터 목이 아프고 몸살 기운이 있어서 깊게 잠을 이루지 못했다. 그 때문인지 아침부터 머리가 굉장히 아팠다. 도저히 일어나지 못하고 오후가 될 때까지 누워 있었다. 고개를 돌려보니, 나보다 더 아무것도 안 한 채 누워 있는 미미가 눈에 들어왔다. 이불

에 파묻혀 있었는데, 미미도 내 옆에 파묻혀 있다. 그를 안아 내 배 위에 올려놨더니 그대로 눈을 감는다. 고양이의 배는 참 따뜻해서 그 온기가 나에게 전달된다. 나보다 한없이 작은 생명체가 숨 쉬는 소리, 그 소리가 나에게 또 다른 멜로디가 되는 축복의 시간 이다.

아주 드물지만, 이렇게 종종 나에게 온다. 글을 쓸 때나 그림을 그릴 때 내 옆으로 슬그머니 와서 발을 긁으며 구경하기도 한다. 그렇게 미미는 나의 첫 독자가 되어준다. 자신의 온기를 나누어 내 텅 빈 마음을 채워주기도 한다.

가끔씩 언니는 나에게 고양이를 사랑해야 네가 만드는 영화에도 사랑이 깃들 거라며 나무란다.
무슨 연관인지는 잘 모르겠지만, 반박하지 않고 그냥 듣는다.
내가 아직도 별 관심이 없는 줄 아는 듯하다.

나는 고양이를 키우지 않는다.
고양이와 살고 있다.

소심쟁이가 살아남는 법 1

소심한 사람들이 자신을 사랑하기 위해 알아야 할 것

1. 상대의 말에 무조건 동의할 필요는 없다는 것

2. 내가 그 사람의 부탁을 거절했다는 이유로 떠날 사람은, 어차피 뭘 해도 떠난다는 것

3. 누군가 나의 인사에 답을 하지 못했더라도 그날따라 컨디션이 좋지 않았을지도 모른다고 이해할 것

4. 어떤 일로 상처를 받아도 딱 하루만 펑펑 울 것. 그리고 다시 내 삶으로 들어와 하고 있던 일을 묵묵히 진행할 것

언제나 울면서도 걸을 것

소심쟁이가 살아남는 법 2

1. 어떤 고난이 와도 헤쳐나갈 수 있는 끈질긴 생명력이
내 안에 있다고 굳게 믿는 것
2. 누군가 나를 헐뜯고 깎아내려도 나의 가치는 내가 판
단하고 지켜내는 것

이런 게 자기존중 아닐까.

자기존중감 또는 나를 사랑하는 마음은
온전히 나의 일에 집중할 수 있게 하는,
건강한 에너지의 근원이다.

피 같은 시간을 엉뚱한 곳에 투자하기에는,
우리 삶은 무한하지 않으니.

다시 집으로

살면서 때때로 해결할 수 없는 문제를 마주한다.

이를테면 단란하고 화목했던 어린 시절의 우리 가족은 더 이상 존재하지 않는다. 우리는 모두 병들어 있다. 그중에 무관심이라는 병이 가장 크다. 식탁 하나를 두고 각자 다른 시간대에 앉아 밥을 먹는다. 어쩌면 이 식탁이 우리 가족의 마지막 연결고리일지도 모르겠다.

내 안의 아픔을 감추지 않기 위해 글을 쓰기로 했다.
이왕이면 행복만을 노래하고 싶지만,
그것은 지금의 내가 할 수 있는 일이 아니다.

다 같이 바다에 가면 어떨까. 바다는 너무나 넓고 깊어서 한없이 바라보다 보면 하고픈 말이 있어도 미루게 되고, 또 미루게 되고,

따로 떨어져서 각자 다른 방향으로 걷다가 어느새 한곳에 모여서
'집으로 돌아가자'라고 누군가 말할 것만 같기 때문에.

그렇게 돌아갈 집이 있다는 것에, 안도할 것만 같기 때문에.

노란색 도토리묵

어릴 적 이야기다.

어머니는 내가 노란색을 좋아한다고 했다.
그 이후 내가 좋아하는 색은 노란색이 되었다.

어머니는 내가 도토리묵을 좋아한다고 했다.
학교 급식에 도토리묵이 나올 때마다
'내가 좋아하는 도토리묵이네. 맛있게 먹어야지!'라고 생각했다.

스무 해가 지났지만
아직도 길을 거닐 때 우연히 개나리꽃을 보거나
식당에서 도토리묵이 나오면 자연스레 어머니가 떠오른다.

내가 정말 노란색과 도토리묵을 좋아했는지 모르겠다.
다만 어머니는 내가 노란색 꽃을 보며 밝게 미소 짓는 표정과
도토리묵을 주었을 때 그 어느 때보다 맛있게 먹는 모습을 보았
을 것이다.

좋아하는 색도 바뀌었고 좋아하는 음식도 바뀌었지만
어머니 앞에서만큼은 아직 노란색을 좋아하고 도토리묵을 좋아
하는 아이가 된다.

노란색 옷을 입을 때마다
'우리 딸이 좋아하는 노란색'이라며 내 머리를 쓰다듬고
나의 생일이 다가올 때마다
흥얼거리며 도토리묵을 챙겨주시는 당신의 모습을,
오랫동안 보고 싶기 때문이다.

말 없는 나무 막대기

때는 1998년, 여덟 살이 되던 해였다. 가족과 함께 집 근처 산으로 등산을 갔다. 느린 걸음 탓에 나 홀로 멀리 떨어져 걷고 있었다. 그렇게 어슬렁거리며 혼자 구경을 하다가 돌부리에 끼여 있는 나무 막대기를 발견했다. 내 배꼽까지 오는 아주 매끈하고 튼튼한 나무 막대기였다. 나는 그것을 지팡이 삼아 땅을 짚으며 천천히 산을 올랐다. 느낌이 꽤 괜찮았다. 여덟 살 소녀의 몸무게를 지탱해주면서도, 그는 아무런 표정이 없었다.

나무 막대기에 말을 걸기 시작했다. 학교에서 창피를 당한 일이나 부끄러운 고민까지 서슴없이 털어놓았다. 표정을 읽을 수 없었기에 내 멋대로 상상하는 재미가 있었다. 그는 무슨 말이든 묵묵히 경청했다. 어느 순간 내 영혼의 나침반일 수도 있겠다는 생각이 들었다.

어머니가 싫어할 것이 뻔했기에 그를 집에 들일 수는 없었다. 그래서 아파트 화단에 꽁꽁 숨겨놓곤 외출할 때마다 그를 꺼내어 동행했다. 어느 날은 숨겨놓은 위치를 잊어버리는 바람에 길바닥에 주저앉아 엉엉 울기도 했다. 그와 나는 언어로 소통할 수는 없었지만, 충분한 교감을 나누는 친구였다. 그렇게 내 유년시절 대부분은 산에서 주워온 나무 막대기와 함께였다. 그는 내 이야기를 그저 들어주는 것만으로도 큰 위로가 되는 존재였다.

나의 고민에, 나의 생각에 공감해주고 묵묵히 들어주는 사람이 참 좋다. 떳떳하지 못한, 부끄러운 사연일지라도 아무 편견 없이 경청해주는 이들이 있다. 경청한다는 것은 상대를 하나의 인격으로 바라봐주고 존중한다는 뜻이기도 하다. 교감이라는 것은 꼭 공통점이 있어야 생기는 것이 아니다. '그랬구나, 그럴 수 있겠다'라며 서로 있는 그대로를 온전히 받아들이는 행위, 그 또한 특별한 교감이 아닐까.

5월 8일

아버지가 한우를 먹으러 가자고 했다. 가격을 보고 흠칫 놀라 목
살을 먹어도 된다 했는데, 아버지는 내 생일 기념이라며 굳이 한
우를 고집했다. 이윽고 시뻘건 고깃덩어리가 크게 세 점이 올라
왔다. 어찌할 줄 몰라 하다가 한 덩어리를 집어서 불판에 올렸더
니, 아버지는 다른 한 덩이도 얼른 올려놓으라신다.

센 불에 거칠게 그을리면서 고기는 금세 익어갔다. 아버지는 어
정쩡하게 일어나 급히 고깃덩어리를 잘라냈다. 이를 바라보다 물
었다. "한우는 너무 익히면 안 된다던데 지금 먹어도 될런가?" 아
버지는 답했다. "그래도 익혀 먹어야지." 멍하니 아버지가 잘라주
는 고기들을 바라보았다. 지나가던 식당 아주머니가 불을 줄이라
일러주었다. 그뿐이었는데, 그 말에 우리 부녀는 금세 얼굴이 달
아올랐다.

비싼 고기는 이래서 불편하다. 먹을 줄 모르니 참 멋없다.

그렇게 나는 아버지에게 비싼 고기를 얻어먹었다. 둘이 2인분도 다 먹지 못하고, 한 덩어리는 비닐봉지에 담아왔다. 생각해보니, 오늘은 어버이날이기도 해서 비싼 고기가 내 안으로 내려가는 속도가 어쩐지 매끈하지 않다. 집에 돌아오자마자 방울토마토를 주워 먹었다.

나의 첫 행복은

그날따라 어머니는 아무런 이유 없이 거금을 쓰셨다. 물론 어렸던 내가 몰랐던 어떤 이유가 있었겠지만.

딱히 특별한 날도 아니었는데 우리 가족은 근사한 레스토랑에서 맛있는 음식을 먹고 백화점에서 여러 벌의 옷을 샀다. 뜻하지 않은 선물을 품에 가득 안고 집으로 향하던 길이었다. 당장 내일 새 옷을 입는다는 설렘으로 기분이 좋기도 했지만, 그것만으로는 설명할 수 없는 처음 느끼는 두근거림이었다.

그 두근거림이 차오르면서 나는 차츰 공상에 가까운 무한한 사색에 빠져들었다. 낡고 허름하지만 안락한 보금자리가 있다는 것과 나를 사랑해주는 가족의 충분한 지원 속에서 자라고 있음을 처음 온몸으로 인지한 것인지도 모르겠다. 여하튼 그건 무척이나 따스

하고 보드라운 기분이었다.

어머니와 아버지, 그리고 언니는 그저 최소한의 움직임만으로 걷고 있었지만 나는 춤추듯 아파트 계단을 올랐다. 시멘트 계단 한 구석에 움푹 파인 부분이 눈에 들어왔다. 그 안에 고인 물에 보랏빛이 돌면서 형성한 우주가 보였다. 복도 창문 틈에서 부는 시원한 여름 바람, 어디선가 들려오는 귀뚜라미 소리, 그리고 아직 마르지 않은 고인 물의 퀴퀴한 냄새가 함께 어우러졌다. 마치 삐걱거리는 낡은 배를 타고 깊은 비밀의 장소로 여행을 떠나는 것처럼 신비로웠다.

이 세상은 아름다움으로 가득하구나. 보잘것없다고 여겼던 사물, 자연, 냄새, 소음, 바람, 공기. 이 모든 것이 지금 나에게 새로운 판타지가 되어 반가운 손님처럼 찾아왔구나.

행복이라는 전율이 마음 안쪽에서부터 서서히 넘쳐흘렀다.

어쩌면 행복은

종이 한 장에 불과하다고 생각했던 나의 세계가 사실은 육면체를 가진 어떤 공간이라는 사실, 그리고 그 공간 안으로 들어오다 보면 자그마한 문이 보이고 그 문을 열고 들어가면 들어갈수록 더 넓고 풍부한 세계가 잠재되어 있다는 것. 모든 존재 자체는 소중하고 존중받을 가치가 있다는 것. 귀 기울이고 들여다보면 우리 주변에는 얼마든지 재미있고 아름다운 구경거리가 가만가만 살아 숨 쉬고 있다는 것.

그리고 나에게는 그것들을 충분히 느끼고 경험할 나날이
아직 많이 남았다는 것.

배우의 탄생

개그맨은 슬퍼도 남을 웃겨야 한다.
배우는 기분이 좋아도 울어야 한다.

작가는 솔로인데도 연애하는 척을 하고
감독은 소심한데도 리더십 있는 척을 하고

그리고 당신은
오늘도 안 괜찮은데 괜찮은 척을 한다.

우리는 모두 각자의 삶에서
화려한 연기를 펼친다.

사랑과 자만 사이

사랑만 믿고 자만했던 나날이 있었다.

쉽게 감정이 상해 금방 성을 냈고, 오랫동안 소중하게 쌓아왔던 관계도 쉬이 무너뜨릴 만큼 상대방을 존중하지 않았다. 나의 민감함을 점검해보지 않고 타인을 나무라기 바빴다. 믿고 의지할 수 있는 든든한 동력이 있다는 것은 내게 엄청난 무기였다. 모든 것이 다 소멸하고 떠날지라도 사랑만으로도 충분히 행복하게 살아갈 수 있다고 믿었다. 언제나 나의 주장이 옳다고 여겼다.

그렇게 주변 사람들에게 온갖 오만함을 보이고서도 내 편에서 나를 응원해주는 사랑스러운 연인이 기다리고 있어 반성할 줄 몰랐다. 사랑이라는 드넓고 황홀한 우주를 가졌으니, 더 이상 타인에게 좋은 사람으로 보이려는 노력조차 하지 않았다.

그렇게 소꿉친구를 잃을 뻔했고, 사회에서는 거만한 동료가 되어 갔다. 세월이 흘러 사랑도 무심히 나를 떠났다. 내가 그를 사랑하고 그도 나를 사랑했을지라도 하루아침에 무너지고 변질될 수 있는 것이 사랑의 이면이었다.

자만은 결코 삶을 오래 지탱하는 좋은 에너지가 될 수 없었다. 사랑이 떠남과 동시에 염치를 모르고 태연하던 믿음이 의미를 잃고 사라져버렸다.

경험은 내게 책 한 권의 가치를 주었다.
믿고 의지할 수 있는 사랑을 하고 있을지라도
언제나 겸손이 필요하다는 것을 가르쳐주었다.

아니라고 말할 수 있는

그는 영화과의 교수였다.

그는 "잘 이해되지 않는다"는 말을 습관적으로 하는 사람이었다. 학생들이 창작한 스토리를 발표하면, 한 번에 이해하는 일이 드물었다. 어느새 학생들은 그를 무시하기 시작했다. 시대에 뒤떨어지고 이해력이 부족한 사람이라고 치부하고, "우리는 전부 이해되는데요"라며 낄낄대고 웃었다.

나는 맨 뒤에 앉아 그 광경을 바라보았다. 교수의 말에 어느 정도 공감되는 부분도 있었기에, 학생들의 태도가 무례하게 느껴졌다. 한편 교수가 대단하다 싶었다. 비웃음이 섞인 학생들의 반응에도 전혀 불쾌함을 드러내지 않아서였다. 누군가 발표자를 대신하여 부연 설명을 해주어도, 교수는 자신의 뜻을 바꾸지 않았다. "그렇구나, 하지만 나는 여전히 너의 이야기가 이해되지 않는다"라며 결론을 지었다.

어느덧 발표는 내 차례가 되었다. 풋풋한 젊은이들의 사랑의 찰나를 그린 멜로드라마였는데, 처음으로 그는 '이해되지 않는다'라는 말 대신 "상대가 주인공에게 관심을 가지려면, 그녀의 매력이 무엇인지 관객에게도 보여야 한다"라는 말을 했다. 묘하게 통쾌했다. 그가 지적한 포인트를 참고하여 시나리오를 수정했더니, 훨씬 풍부한 감성이 묻어 나왔다.

누군가의 말을 듣고 잘 이해되지 않는데도 불구하고 다수의 눈치를 보며 얼떨결에 끄덕였던 과거가 떠올랐다.

왜 항상 나의 문제라고만 느꼈을까,
너의 문제일 수도 있는데 말이다.

대화가 필요해

시시때때로 나의 일상을 공유하고 이야기하는 것을 좋아한다. 굳이 특별한 일이 없어도 오늘 점심은 어디에서 무엇을 먹었는지, 거리에서 어떤 노래를 들었는지, 심지어 동네에 조그마한 핫도그 가게가 생겼다는 것도 누군가에게 말하고 싶어서 입이 근질거린다. 내 시나리오의 초고는 대부분 나의 절친한 이들이 첫 독자다. 나의 오랜 소꿉친구들은 솔직한 생각을 말하는 데 서슴없다. 그덕분에 더 신뢰가 가고 깊은 대화가 가능하다. 내 시나리오가 심각할 정도로 재미없다고 말해줘도 괜찮다. 서로 생각을 공유하고 나누는 것은 나에게 참 좋은 에너지를 건네주기 때문이다.

처음 애니메이션을 전공했을 때였다. 애니메이션도 좋아했지만, 카메라를 직접 들고 인물을 담아내는 영화에 대한 열정과 관심이 남달랐다. 하지만 모르는 게 너무나 많았다. 영화가 어떻게 만들어지는지, 기술적인 것은 어떤 것들이 있는지 아무것도 몰랐다. 하지만 몰랐기 때문에 더 재밌었는지도 모른다. 그만큼 '영화란 무엇인가'라는 주제로 대화할 거리가 많았다. 같은 전공을 했던, 한 살 위의 언니가 있었다. 우리는 어두운 분위기의 예술영화를 좋아한다는 공통점이 있었다. 수업이 끝나면 도서관 DVD룸에 가서 같이 영화를 보았다.

"언니, 저건 어떻게 찍었을까?"

궁금증에 사로잡힌 눈빛은 초롱초롱 빛났으며, 그 공간만큼은 시간이 멈춘 듯했다. 대화의 힘은 대단하다. 우리는 기술적인 부분이나 영화를 찍는 과정에 대해서는 아는 것이 많지 않았지만, 대화를 나누면서 영화를 알아간다는 '즐거움'은 커져갔다. 내가 좋아하는 사람과 공통 관심사에 대해 대화를 한다는 것은, 반복되는 일상에 생기를 불어넣어주는 봄바람이자 내 마음을 울리는 기분 좋은 멜로디라고나 할까.

기운이 없는 어느 날,
좋은 사람과 커피 한 잔을 하며 일상을 공유하는 것,
참 괜찮은 즐거움 아닌지.

삶이 그대를 속일지라도

10년 지기 단짝 친구가 최근 원하던 기업에 입사했다. 그녀는 입사 기념으로 내게 선물을 하겠다며 연락을 해왔다. 선물할 테니 물건을 고르라는 것이었다. 그 마음이 참 귀하게 다가왔다.

나도 이다음에 작은 성취를 이룬다면, 그녀처럼 기쁘게 나눌 수 있는 사람이 되어야겠다는 생각을, 그런 다짐을 하게 됐다. 그 시기가 아주 가까운 미래일 수도 먼 미래일 수도 있겠지만, 어찌되었든 이 문장에는 '삶을 계속 지속해야 한다'라는 것이 전제되어 있다. 삶이 날 속인 것 같은 그런 날이었는데… 친구의 작은 날개짓 하나로 내 삶을 지속해야 할 이유가 생겼다.

누군가와 연결되어 있다는 것은 문득 내 존재 가치를 깨닫게 하고, 비로소 살아 숨 쉬고 있음을 실감하게 한다. 그 친구뿐 아니라 나에게 도움을 주었던 감사한 이들에 아직 보답하지 못했기 때문에, 그 때문에라도 삶을 살아내야 하지 않을까.

비록 삶이 나를 외면하여 속일지라도
도무지 어떠한 힘도 나지 않아
우울하고 외로운 날이 오더라도

내가 받았던 사랑을
더 큰 사랑으로 돌려주기 위해
견디며 살아가고 싶다.

PART 3

행복을 찾아
느리게 걷는 중

첫 영화

애니메이션만 만들던 제가 처음 영화를 찍었을 때가 생각납니다. 아무것도 모른 채 영화학과에 들어갔지요. 스물여섯에 다시 학교에 들어가서 아는 사람 하나 없었지요. 저와 함께하겠다고 한 친구는 편입으로 같이 들어왔던 동기 한 사람뿐이었죠. 영화를 어

행복한 일상을 제안하는

실용·감성·교양 콘텐츠

에세이

교양

취미

패션

예술

인문

육아

요리/건강

글쓰기

넥서스

SNS를 뜨겁게 달군 감성 베스트셀러

청춘의 사랑과 일상에 관한
잔잔한 이야기

하루 중 제일 달콤한
우리가 함께 걷는 시간
이규영 글·그림 | 192쪽 | 13,000원

사랑하는 연인과 첫 만남부터 달달한 일상까지 사랑을 오롯이 담은 감성 그림 에세이.

우리가 함께한 모든 날들
그런 날에 네가 있어서
최대호 지음 | 308쪽 | 10,000원

좋은 순간, 힘든 순간, 기쁜 순간, 슬픈 순간. 오랜 연인과 함께한 모든 날을 담은 그림 에세이.

감성 콜라보 에디션
너의 하루를 안아줄게
최대호 지음 | 204쪽 | 13,800원

안아주고 싶어요, 당신과 당신의 하루까지 오늘도 힘들었을 청춘을 위한 포근한 위로.

스페셜 에디션
#너에게
하태완 지음 | 272쪽 | 12,800원

사랑에 사랑을 더하다! 펼치는 순간 당신의 목마름에 촉촉한 포옹이 되어 줄 책.

패션, 열정, 꿈에 대해 이야기하다

세련된 이들이 말하는
삶, 패션 스타일링 노하우

NEW 맨즈 잇 스타일

이선배 지음 | 320쪽 | 15,000원

패션 가이드는 물론 남자만을 위한 화장법,
남자의 매너&연애까지 코칭한다.

멋진 사람들의 물건

이선배 지음 | 364쪽 | 15,900원

패션부터 리빙, 디저트까지 품격을 드러내는
잇 아이템 400개를 소개한다.

좋아 보여

계한희 지음 | 240쪽 | 15,000원

세계 패션 거장들이 주목하는 패션크리에이터
계한희의 젊은 멘토링.

세상은 나를 꺾을 수 없다

고태용 지음 | 264쪽 | 14,500원

'국민 개티'로 유명한 비욘드 클로젯의 CEO
고태용 디자이너의 통쾌한 도전!

비주얼 스토리텔링, 인포그래픽으로 읽다
그들의 인생은 결코 흑백 화면처럼 단조롭지 않았다

인포그래픽만으로 구성된
획기적인 아트북 시리즈

◣ **인포그래픽, 반 고흐** 소피 콜린스 지음 | 진규선 옮김 | 96쪽 | 13,500원

◣ **인포그래픽, 제인 오스틴** 소피 콜린스 지음 | 박성진 옮김 | 96쪽 | 13,500원

◣ **인포그래픽, 모네** 리처드 와일즈 지음 | 신영경 옮김 | 96쪽 | 13,500원

◣ **인포그래픽, 다빈치** 앤드류 커크 지음 | 박성진 옮김 | 96쪽 | 13,500원

◣ **인포그래픽, 클림트** 비브 크루트 지음 | 박성진 옮김 | 96쪽 | 13,500원

◣ **인포그래픽, 프리다 칼로** 소피 콜린스 지음 | 박성진 옮김 | 96쪽 | 13,500원

◣ **인포그래픽, 코코 샤넬** 소피 콜린스 지음 | 박성진 옮김 | 96쪽 | 13,500원

◣ **인포그래픽, 데이비드 보위** 리즈 플래벌 지음 | 신영경 옮김 | 96쪽 | 13,500원

◣ **인포그래픽, 셜록 홈즈** 비브 크루트 지음 | 문지혁 옮김 | 96쪽 | 13,500원

떻게 찍는지는 몰라도, 영화를 찍기 위해서는 꽤 많은 사람들이
필요하다는 건 알고 있었어요. 사람을 모으기 시작했지만 도통
쉽지 않았지요. 한국어가 서툰 중국 유학생에게까지 부탁했어요.
그 친구도 영화를 알지 못했지만 흔쾌히 참여하겠다고 했습니다.
그래 봤자 이제 겨우 세 명이네요. 학기 초라 같은 전공 재학생들
과 친해질 기회가 적었고, 그럴 시간도 많지 않았어요.

그래서 첫 영화는요, 저의 오랜 친구들이 함께해 주었습니다. 중학교 친구와 고등학교 친구, 이전 대학에서 애니메이션을 함께 공부했던 친구들에게 부탁했어요. 그중 한 친구는 자신의 집을 촬영 장소로 통째로 빌려주었고요, 디자인 전공을 하는 다른 친구는 소품들로 장면을 예쁘게 만들어주었죠. 다들 아무런 경험이 없었지만, 흔쾌히 배우도 맡아주고 특수 분장도 해주고 슬레이트를 쳐주러 오기도 했답니다. 그리고 전 대학 교수님도 오셨어요. 카메오로 출연해주셨죠. 동갑내기 작곡가 지망생은 영화 OST를 만들어주기도 했어요. 감독도 처음인 걸요. 그 누구도 처음이면 어때요.

저는요, 이들 덕에 시작할 수 있었습니다. 아무것도 모르고, 서툴기만 한 감독을 이해해줄 수 있는 사람이 어디 있겠어요. 저와의 인연을 좋아해주고, 믿어주고, 응원해주는 이들이었기에 가능했지요. 그렇게 해서 첫 영화를 완성했습니다. 〈자장가〉라는 영화예요. 한 청년의 노래로 위로받는 꼬마귀신에 대한 이야기였죠.

제가 만든 단편영화 중에 제일 못 만들었어요. 이야기도 어설프고요, 편집도 엉성하고, 말이 되지 않는 것 투성이죠. 그런데요, 저는 가끔 그때를 떠올립니다. 저의 첫 영화가 없었으면 지금의 저도 없었을 거라고요.

나만의 시간여행

어릴 적 무언가를 끄적거리는 것을 좋아했는데, 그중 하나가 미래의 나를 상상하며 어른이 된 내 모습을 그리는 일이었다. 나중에 과연 어떤 삶을 살고 있는지, 나날이 궁금증은 증폭되었다. 누구와 결혼을 했는지, 아이는 몇 명 낳았는지, 무슨 일을 하고 있는지, 돈은 많이 벌었는지, 꿈은 이루었는지 등등.

그런데 막상 20대 후반이 되니, 미래가 전혀 궁금하지 않다. 미리 알 수 있는 방법이 있다 해도 방구석 어딘가 처박아두고 열어보지 않을 것 같다. 그토록 바라던 꿈을 이루고 성공한 삶을 산다 해도 과정을 모르니 의구심에 현재 내 일에 집중을 못할 것 같다. 반대로 내 인생의 비극을 미리 알게 된다 해도 그 또한 괴로울 테다.

그러니 시간여행을 할 수 있게 된다면 과거를 선택하겠다. 내 어릴 적 뛰놀던 동네로 가고 싶다. 1998년 여름으로. 집 앞에 있던 커다란 나무 아래로. 다시 한번 그에게 인사를 건네고 싶다. 내 어린 시절 유일한 안식처였음에 감사를 전하고 싶다. 그러고는 내가 좋아했던 골목을 하나하나 찾아다니며 스케치를 하고 싶다. 빠짐없이 그림으로 남겨 그리움을 달래겠다. 수줍어서 먼저 다가가지 못했던 초등학교 친구들을 찾아가 내가 많이 좋아했음을 고백하고 싶다.

돌아갈 수 없어 아쉽지만
돌아갈 수 없어 더 애틋하다.

나만의 작은 숲

물욕에 눈먼 시절이 있었다. 대학 졸업 후 회사에 갓 입사를 했을 때였다. 처음으로 통장에 세 자리 숫자가 입금이 되었다. 난생처음 받아보는 금액에 뭘 해야 할지 몰랐다. 동료들은 월급이 들어오자마자 쇼핑을 하거나 외식을 했다. 덩달아 신이 나서 따라다녔다. 어차피 다음 달이면 다시 부활하는 숫자의 존재는 그다지 조심스럽게 소비되지 않았다. 비싼 옷이라도 마음 내키는 대로 구입했다. 몇 만 원이 통장잔고에 그리 타격을 주지 않기 때문에 곱게 꾸미고 다닐 생각만 했다. 주말에는 항상 약속을 잡았고, 자주 외식을 해도 무리가 없었다. 돈 쓰는 재미에 빠져들었다.

그로부터 3년이 흘렀다.

영화를 공부한 뒤, 영화감독을 준비하면서 프리랜서로 방향을 틀었다. 이따금 미술학원에 나가면서 받는 강사료는 두 자리 숫자였다. 단 돈 만 원이라도 수입이 있다는 것에 안도하게 될 줄은 몰랐다.

최근 들어 샤프심이 없어서 계속 불편하던 차에 천 원짜리 한 장을 들고 집을 나섰다. 문방구에 가면 항상 꼭 다른 것들이 눈에 들어온다. 그럴 때마다 욕망의 지우개를 떠올린다. 무언가 사고 싶다는 생각이 들면 머릿속에 커다란 지우개를 등장시켜서 쓱쓱 지우는 거다. 그렇게 뒤도 안 돌아보고 샤프심 한 통만 계산했더니 무려 700원이라는 거스름돈이 생겼다. 돈이 남으니 또다시 고민이 시작되었다. 700원으로 할 수 있는 것들을 떠올렸다. 초코(초콜릿)우유, 사탕, 껌, 음료수… 그렇게 혼잣말로 읊조리다가 아무것도 사지 않고 집으로 돌아왔다.

지금 내가 원하는 것은 예쁜 옷도, 맛있는 음식도 아닌 '시간'이다. 1분 1초가 아쉽다. 시나리오를 쓰는 일 이외 다른 무언가를 하는 시간이 엄청 아깝다. 밖에 나갈 일이 없으니 새 옷은 필요 없다. 집에 있는 신선한 식재료로 요리해 먹으니 외식도 안 한다. 글을 쓰기 위한 최소한의 장비는 다 갖추었으니 딱히 구입할 것도 없다. 나에겐 욕망의 지우개가 있으니, 미련이나 아쉬움이 생겨도 쓱쓱 지우면 그만이다.

다람쥐처럼 땅콩 하나로도 오랫동안 맛있게, 그리고 행복하게 먹을 수 있는 방식을 터득했다. 〈나 혼자 산다〉, 〈삼시세끼〉라는 프로그램이 그렇게 재미있을 수가 없다. 지금보다 더 치열한 자급자족의 일상을 꿈꾼다. 이왕이면 가족의 울타리를 벗어나서 최소한의 공급으로 영위하는 삶을 만끽하고 싶다. 머지않아 맷돌로 원두를 갈아서 커피를 마실 테다.

나에게 새로운 행복이 시작되고 있다.

느림보 거북이

놀림을 당할 때나 부당한 일을 겪었을 때, 나는 항상 꿀 먹는 벙어리처럼 눈알만 굴린다. 아무 준비가 안 된 상태에서 나를 향해 쏘아대는 말을, 곧바로 받아치는 능력이 내게는 아예 없다. 모든 말을 차곡차곡 쌓아놓는데, 집에 들어가서야 그 말들이 서서히 떠오른다. 그제야 밀려오는 후회를 홀로 떠안는다.

바보같이 왜 아무 말도 못 했을까.

말을 조리 있게 잘하는 가상의 여성을 머릿속에 자주 그리곤 했다. 난처한 일이 생길 때마다 나타나서 내 상황과 입장을 대신 설명해줄, 멋진 이상형을 떠올리며 해소되지 않은 갈망을 대신 그렸다. 그러다 알아챘다.

아무리 노력해도 안 되는 어떤 것이 있다는 것을.

대학생 때 처음 한 아르바이트는 아이스크림 가게였다. 주문을 받자마자 차가운 돌판 위에 여러 재료를 섞어서 즉석에서 아이스크림을 만들어야 했다. 하지만 나는 도무지 한 번에 여러 일을 하는 것이 잘되지 않았다. 아이스크림을 만들고 있으면, 다른 손님이 와서 주문을 재촉했다. 거기서부터 정신 붕괴가 서서히 오면서 상황은 종잡을 수 없이 엉망진창이 되었다. 유독 내가 카운터에서 주문을 받기만 하면 줄이 문 밖까지 이어지곤 했다. 유명한 가게도 아니었는데 말이다. 하루도 빠짐없이 사장님한테 혼이 났다. 느리고 야무지지 못한 탓이라 여기며 자책의 나날들을 보냈다. 주위를 둘러보니 나만 빼고 모두 빠르고 효율적으로 일을 하는 것처럼 보였다.

나는 말과 행동이 참 느렸고, 그건 좀처럼 나아지지 않았다.

아무리 노력을 해도 되지 않는 능력 밖의 일, 정말 있을 수 있다. 내가 아주 지겹도록 겪었기에 확실히 말할 수 있다. 나에겐 서비스직이 맞지 않다는 것을, 몇 년간 부딪히면서 인정하기 시작했다. 이렇게 말하는 나는 떳떳하다. 하루빨리 벗어나고 싶었지만, 내 안의 두려움으로부터 도망치는 건 아닐까 하는 생각에 꽤 오랜 시간을 버틴 덕분일까.

놀라운 것은 한번 고비를 넘기고 나니, 그 이후 어떤 어려움에도 쉽게 포기하지 않게 되었다는 것이다. 포기하지 않았더니, 되레 작은 기회들이 찾아왔고 뜻하지 않은 성취들도 나타나기 시작했다. '왜 나만 못하는 걸까'라는 생각으로 20대 초반을 보냈지만, 내게는 다른 강점이 있었다. 논리적인 언어구사능력은 부족하지만, 글이라는 다른 방면의 재능이 있었다. 여러 가지를 동시에 진행하는 일에는 약해도, 한 가지 일을 꼼꼼하게 잘 해낼 수 있다.

나는 느림보 거북이다.

그렇지만
무지개색 다양한 빛을 지니고 있는 느림보 거북이다.

야광별

세상에 태어나 눈을 떠보니 어머니의 따뜻한 품이었다. 배가 고
프니 밥을 먹었고, 아프면 고통스러우니 약을 먹었다. 살아가야
할 특별한 목적 없이 하루하루 연명했더니 저절로 살아졌다. 이
세상에 태어났다는 것도 실감 나지 않듯이, 살아간다는 것 또한
실감이 나지 않아 가끔 의구심에 빠진다.

기억 속의 야광별을 떠올린다. 어릴 적 내 방 천장에는 야광별 스
티커가 덕지덕지 붙어 있었다. 불을 끄면 마치 밤하늘의 별처럼
반짝이곤 했는데, 잠이 들 때까지 끔뻑거리며 행복한 감상에 젖
어들었다. 비록 인공의 빛이었지만 은은하고 따뜻한 빛을 풍기는
저 야광별처럼, 언젠가 빛나는 나의 미래를 꿈꾸었다.

그때의 꿈, 그때의 바람을
기억의 수면 위로 떠올린다.

빈자리

저는 가끔 죽음을 생각합니다. 고작 스물여덟이지만, 사람 일은 모르잖아요. 그래서 역사에 남길만한 작품은 만들지 못해도, 나를 사랑하는 사람들을 위한 작품은 만들고 떠나고 싶어요.

나의 빈자리를 채울 만한 따뜻한 작품이요.

사랑하는 일

영화에 대해 먼지만큼도 몰랐던 나는,
넘어져도 일어나고 또 넘어져도 일어났다.

그렇게 넘어지고 일어나는 과정을 거쳐 졸업작품까지 마치고 나
니, 나 자신이 대견스러웠다. 초기에 만들었던 작품과 지금의 작
품을 보면 성장한 것이 눈에 보였다. 영화를 공부할 수 있었던 2
년의 시간은 내 인생에 있어서 결코 잊을 수 없는 값진 시간이 되
었다. 글 쓰는 일을 사랑하며 작가라는 숙명을 받아들이게 되었
고, 영화감독이라는 꿈이 더 선명하게 다가왔기 때문이다.

길을 걷다가도 머릿속에 수많은 아이디어와 이야기들이 떠오르
면 가슴이 뛴다. 이것을 다른 이들에게 보여주고 그들의 삶에 영
향을 끼치는 것만큼 행복한 일이 있을까.

소설가 김영하의 인터뷰를 본 적 있다. 그는 장래희망이 소설가
라고 했다. 현재 좋아하는 일을, 미래에도 계속할 수 있기를 바라
는 마음 아니었을까.

나 또한 내가 사랑하는 일을,
앞으로도 계속 사랑할 수 있기를
현재의 꿈이 미래에도 이어지기를
오늘도 꿈꾼다.

꽃을 든 남자

꽃다발을 든 한 청년이 지하철 옆자리에 앉았다.

저 꽃을 받게 될 사람은 누구일까? 여자친구일까, 가족일까, 아니면 다른 누군가에게 기쁜 일이 생긴 걸까. 포장지를 천천히 매만지는 그의 손결을 보니 꽃집에 들어가서도 한참 서성거렸을 그의 신중함이 전해오는 듯하다.

그가 입고 있는 무채색의 정장과 커다랗고 싱싱한 노란색 꽃을 가만히 바라보고 있자니 마치 한 폭의 그림 같다. 회색 빛깔 도시에 회색 옷을 입은 사람들, 그런 어둡고 칙칙한 풍경 속에서 유일하게 '색'을 지닌 노란색 꽃잎.
언젠가 시들고 말겠지만 오늘 하루만큼은 꽃을 보며 행복과 희망을 느끼길 바라는 그의 사랑이 느껴져서일까, 집으로 돌아가는 내내 싱그러운 꽃향기가 잦아들지 않았다.

방의 성장

살면서 내 방을 제대로 치워본 적이 없다.
거짓말 같지만 사실이다.

사물이 사람을 해칠 만큼 공간을 차지해도 결코 옮기거나 버리지
않았으며, 새로운 품목을 밖에서 가져와 탑처럼 쌓았다. 나는 그
저 갖다 놓기만 하면 그만이었다. 그러다 보니 어느 순간부터 내
방이 싫어졌다. 방이 미워졌다. 필요한 물건을 단번에 찾을 수 없
어 답답했다. 가끔 내 방 어딘가에 숨어 사는 괴물이 아무렇게나
뱉어버린 것이 아닌가 싶다. 오랜 시간 스스로 만들어낸 최악의
구조물을 그렇게 비난했다.

최근 방을 개조하기 시작했다. 책을 읽고 글을 쓰고 그림을 그리
고 노래를 듣고 잠을 자는 이 공간의 성장이 있어야 나라는 사람
이 쓰는 창작물에도 새로운 우주가 생겨날 것 같았다. 사실 솔직

한 마음은 최소한 인간답게 살기 위함이었다. 결심을 하게 된 계기는 명확했다. 길고 길었던 학업을 마무리했고, 새해가 되어 나이를 한 살 더 먹었으며, 토할 것 같았던 졸업 영화가 끝났기 때문이다.

방을 뒤엎기 시작하면서 드러난 사실이 있다. 생각보다 꽤 많은 책을 소장하고 있었던 것! 사랑하지만 공허할 때가 있지 않는가. 그 이유가 알고 싶어서 책을 사들였다. 책마다 특별한 의미가 있지만, 이 조그마한 방에 모든 책을 떠안고 살아갈 수는 없는고로, 인상이 강렬했던 책들과 감흥이 적었던 책들을 분류하기 시작했다. 책을 버린다는 것은 참 어려운 일이다. 책마다 결핍된 나의 과거가 있고, 그때의 고유한 시간이 담겨 있다. 한 권씩 살펴보니, 그날 어떤 마음으로 이 책을 구입했는지에 대한 기억까지 선명하게 떠올랐다. 하지만, 그럼에도, 선물 받은 책을 제외하고 더 이상 소장 가치가 없는 책들을 모두 버렸다.

방은 성장했다. 필요 없는 물건들을 떠나보냈다는 것만으로 나름 굉장한 성장이다. 낡고 오래된 책장을 버리고, 작지만 심플한 디자인의 책장을 구입했다. 침대 옆에 책을 놔둘 만한 낮은 선반과 통나무로 된 스피커, 전구가 달린 스탠드도 새 식구로 들였다.

방은 새롭게 태어났다. 한눈에 봐도 깔끔하고 아늑한 공간이 되었다. 새로 산 스피커로 좋아하는 음악을 틀어놓고 푹신한 침대에 누워 노란빛 전등 아래에서 최근 선물 받은 책을 펼쳤다.

그렇게 방은 성장하였고, 나도 그만큼 자라났다.

좋아하지만

나는 분명 그림 그리기를 좋아하고 글쓰기를 좋아하고 영화 만들기를 좋아한다. 그런데 정말 신기하게도 대부분 시작하려고만 하면 진짜 하기 싫다. 미쳐버릴 정도로 하기가 싫어서 몸을 배배 꼬고 침대 밖으로 나오지 않으려고 안간힘을 쓴다. 겨우겨우 힘겹게 하나 완성한 뒤에야 비로소 그 과정이 아름다웠음을 깨닫지만 그럼에도, 아니 그래서일까. 한 프로젝트를 완벽하게 끝낸 뒤 다시 새롭게 무언가를 시작하려면 왜 이렇게 하기가 싫을까.

원하는 것을 한다고 해도 늘 행복할 수는 없다. 하물며 하기 싫은 일을 할 때는 어떤가. 몸을 꼬는 것도 모자라서 벽에 머리를 박아도 부족하다. 먹고 자고 배설하는 것을 제외하곤 인간이기에 고통스럽다. (물론 먹고 자고 싸는 것마저도 고통스러울 수 있다.)

힘든 것은 매일 겪어도 힘들고, 어려운 것은 언제나 어렵게만 느껴진다.

아, 하기 싫다.
아니야, 해야지.

일단 일어나서 책상 앞에 앉으면 반은 성공이다.

행복을 찾아서

어느 12월, 미술학원에서 강사 일을 하고 있을 때였다. 같이 일하는 선생님이 퇴근길에 내게 물었다. "작년보다 행복해지셨나요?"라고. 잠시 생각해보니 좋은 점도 있었고, 좋지 않은 점도 있었다. 하나둘 떠올리며 헤아리느라 선뜻 답하지 못했다. 그대로 되물으니, 그 선생님은 자신 있게 "전 더 행복해졌다고 생각해요"라고 답했다. 그 말을 듣는 즉시 '아, 나도 저렇게 대답할 걸' 싶었다. 그렇게 먼저 결정을 내리고 나니, 그 이유는 술술 나오더라.

행복이란 것을 너무 복잡하고 어렵게 생각한 건 아닐까.

현재 상태를 기준으로 행복에 대한 감상을 이야기하는 편이다. 조금이라도 일이 잘 안 풀릴 때, 기분이 안 좋을 때 그럴 땐 행복하다 말하기 힘들다. 반대로 좋은 일이 생겼을 때, 원하는 것을 얻었을 때, 좋은 구경을 했거나 좋은 사람을 만났을 때, 또 앞으로의 일에 대해 희망을 느낄 때, 누군가에게 사랑받고 있다고 느낄 때, 그럴 땐 참 행복하다.

그러나 오래 지속되지 않는다. 평범하고 반복되는 일상 속에 그런 좋은 순간들은 금세 잊혀진다.

행복은 현재의 감정 상태에 따라 많은 영향을 받기도 하지만, 그렇다고 해서 모든 일상이 불행한 것은 아니지 않나. 그저 수많은 나날들을 큰 자극 없이 보내고 있을 뿐이다. 대부분의 나날을 평범한 일상으로 보내는 것은 매우 다행스런 일일지 모른다.

별 탈 없이 산다는 것 또한 행복 아닐까.

진짜로 일어날지도 몰라 기적

초등학교 4학년 내내 짝꿍이었던 남자아이는 한 번도 빼놓지 않고 시험지를 받자마자 100이라는 숫자를 커다랗게 적어놓았다. 어차피 100점을 맞을 거라는 자신감에 당당히 적어둔 거겠지만, 난 이해할 수 없었다. 채점하기도 전에 막연히 확신하다가 100점을 못 맞으면 큰 망신을 당할 거라고 생각했다. 하지만 짝꿍은 그렇게 1년 내내 모든 시험에서 100점을 맞았다. 자신했던 것만큼, 결과는 늘 좋았다.

《시크릿》(2007)이라는 책이 있었다. 고등학생 시절 굉장히 유행하던 베스트셀러였는데, 그 당시에는 그 책의 구절들이 공감되지 않았다. 저자가 주장하는 바는 이런 거였다. 뭐든 잘될 것이라는 긍정적인 생각을 '말'로 표현하면, 그것을 전 우주가 듣게 되고 우주는 당신의 소원을 들어주게 될 것이라는 내용. 말도 안 돼. 무조건 긍정적으로 생각한다고 해서, 또 말로 표현한다고 해서 실제 이루어지는 것과 무슨 상관이람? 그저 좋게만 생각하는 게 무슨 유익을 가져다 준다는 거지?

회사를 그만두고 백수생활을 하고 있었을 때 왠지 모르게 나는 아주 긴 방학을 보내고 있는 것 같았다. 새 학기가 시작되면 학생들이 학교로 돌아가는 것처럼, 어쩐지 돌아갈 곳이 정해져 있는 기분. 내가 서 있을 공간과 자리가 이미 나를 위해 기다리고 있을 것 같은 느낌. 이 긴 공백기간이 끝나면 나는 내가 원하던 학교에 갈 수 있겠구나 라는 막연한 기대감.

그것은 현실이 되었다. 기껏해야 5명 정도를 뽑는 편입시험에 합격한 것이다. 간단한 영화조차 단 한 편도 찍어보지 않은 나를 영화학과에서 뽑아준 것이다. 나는 내가 배운 애니메이션에 어떤 강점이 있는지, 그것이 영화와 어떻게 연결될지를 철저하게 준비해서 발표를 했다. '나는 이것 아니면 안 된다'라는 생각으로 면접을 보았다. 내 의지가 이러하니 나를 받아줘야만 한다고 여겼다. 그리고 나는 꼭 이 학교에 합격할 것이라는 믿음이 있었다. 그때부터 조금씩 직감을 믿기 시작했다. 기분 좋은 상상을 자꾸 하다 보면, 그것이 이루어질 수도 있겠다는 믿음.

진짜로 믿으면, 기적이 일어날지도 모르니.

시

중학교 때 장래희망은 시인이었다.

아주 찰나의 기억이지만 초등학생 때 어머니는 내게 시를 외우게
했다. 거실에 놓여 있던 큰 화이트보드에는 날마다 새로운 시가
쓰여 있었다. 아마 그때의 영향일지도 모르겠다. 좀 더 본격적으
로 시를 좋아했던 것은 중학교 2학년 때 국어 교과서에 실린 윤동
주 시인의 〈자화상〉을 본 이후부터다.

시를 설명하는 선생님의 말이 들리지 않을 정도로 한참 읽고 또
읽었다. 마치 시공간이 멈춘 듯, 감상에 젖어들었다. 우물가에 비
친 자신의 얼굴을 보고 부끄러운 마음에 갈팡질팡하는 소년의 모
습에서 나를 본 건지도 모르겠다. 혹은 나보다 더 초라했을지도
모를 화자에 안도했는지도.

윤동주의 시를 알게 된 후, 도서관에 가서 그의 시집을 빌려보고

서점에서 전집을 사서 읽기 시작했다. 그가 쓴 모든 시가 내재되어 있던 감수성을 건드린 듯 나를 환상의 세계로 인도했다. 그의 시가 유독 좋았던 이유는, 스스로 되돌아보고 성찰하는 마음 때문이었다. 그 마음이 어디서 나오는지, 또 무엇인지 계속 들여다 보았다. 학교가 끝나면 시집 한 권과 작은 수첩 하나 들고 독서실로 달려갔다. 내겐 독서실은 공부하는 공간이 아니었다. 유독 마음에 와 닿았던 시를 수첩에 옮겨 적는 공간이었다. 나에겐 하루 중의 큰 낙이었다. 그렇게 시 읽는 재미에 푹 빠지고 말았다.

시는 한 장의 그림과 같았다. 많은 것을 설명하지 않아도 충분히 화자의 감정을 전하는 것. 오히려 그런 방식이 때로는 슬픈 것을 더 슬프게, 그리운 것을 더 그립게 만드는 강력한 힘이 있었다. 열다섯의 나는 그러한 힘에 완전히 매혹되었다. 나는 이토록 쉬운 통로로 시인이 고생해서 만들어 놓은 세계를 가만히 들여다볼 뿐인데, 어찌 그 시간을 놓칠 수 있을까?

나도 창작을 하는 사람이 되고 싶었다. 내가 생각하는 세계를 구축하고 감정을 전달함으로써 지친 이들의 마음을 위로하고 엉켜 있던 마음을 풀어주는 작가가 되고 싶었다. 그런 꿈을 아주 조금씩 마음속에서 키워갔다. 꿈은 꿀 때가 아니면 품을 수가 없으니.

고등학생 때의 꿈은 '세계적인 애니메이션 감독' 또는 오프라 윈프리 쇼에 출연할 만큼의 '위대한 예술가'가 되는 것이었다. 꼭 이루지 못하더라도 나의 멋진 미래를 상상하고 꿈꾸는 것이 항상 마음속 깊이 있었기에 서툰 낙서조차 재미있고 행복했다. 그렇게 거대한 꿈을 향해 달려갔던 나는 무엇이든 과감하게 도전할 수 있는 정신을 얻었다.

아직 시인의 꿈이 가슴 한구석에 있다. 그리고 그 꿈은 때로는 한

폭의 그림으로 표현되고, 영화로 만들어지고 있다.

어렸을 때 품었던 꿈, 그 꿈이 나와 연결되어 있다고 믿는다.

이루지 못해도 뭐 어떤가. 상상만으로도 얼마나 짜릿한데. 봉준호 감독도 칸영화제에서 상 받고 인터뷰하는 상상을 아주 어릴 적부터 했을지도 모른다. 그러니 1%의 확률이라도 거창한 꿈을 꾸는 것, 어떨까? 그 말도 안 되는 꿈이 결국에는 우리와 연결될 테니!

원더풀 라이프

의심 가는 것은 단 셋.
옥수수빵, 초코우유, 바나나.
범인은 이 안에 있다.

내 잠을 앗아가고, 내 몸을 앗아가고, 내 하루를 앗아간 녀석이.
조금만 먹어도 금방 배가 차는 탓에 의도치 않게 소식하는 편이
고, 짠 것은 입에 대지도 않는 터라 근 4년 동안 내과에 가본 적이
없다. 그만큼 탈이 잘 안 난다. 그런데 뭔가 잘못 먹곤 끙끙 앓아눕
고 말았다. 자극적인 음식을 멀리하고 소식을 즐기는 것은 내 의
지대로 가능하지만, 바이러스의 냄새를 미리 맡을 수는 없었다.

하필이면 제작한 단편영화가 서울의 한 영화제에 초청되어 친구
와 함께 가기로 한, 특별한 날이었다. 오전 7시에는 일어나야 했
는데, 새벽 내내 복통에 시달려 한숨도 잠을 이루지 못했다. 첫 영

화 초청이라 놓치고 싶지 않은 마음에 1시간이 넘는 거리를 구토가 치미는 것을 참으며 달려갔다. 결국 최악의 컨디션으로 관람하고 만 나의 영화는, 오장육부의 역주행만 느낀 채 허무하게 끝나버렸다. 먹을 기력조차 없었지만, 동행해준 친구에 대한 미안함에 점심이라도 대접해야겠다 싶어 근처 죽집에 들어갔다. 그러고 나선 이후 예정되어 있었던 시나리오 스터디도 모두 취소하고 집으로 돌아왔다.

그날의 '나'는 기억이 나지 않는다. 시공간이 멈춘 곳에서, 온몸이 뜨거워지고 열이 오르고 모든 의욕이 가라앉는 경험만 반복했을 뿐이다. 그렇게 하루가 사라졌다.

이틀 동안 약 먹고 누워 허우적거리고서야 눈을 뜰 수 있었다. 드디어 내 몸에 피가 흐르는구나. 마시고, 먹고, 돌아다니고, 보고, 듣고, 말하고. 이 모든 평범한 행위들은 내 육체가 자유로움을 지녔을 때 비로소 가능한 거구나.

몸이 아프면 서서히 보이는 것들이 있다.

출구 없는

그림을 좋아해서 그림을 배웠고 그림으로 대학을 갔지만, 그곳에서도 영화에 대한 갈증이 사그라들지 않았다. 수업이 끝나면 도서관 시청각실에서 자주 영화를 보곤 했는데, 장애를 가진 주인공이 자신의 한계를 극복하고 성장하는 이야기에 유독 매혹되었다. 어쩌면 가장 연약하다고 여기는 나 자신이 그런 영화에서 용기를 얻었는지도 모르겠다.

애니메이션은 가상의 세계를 설계하여 새로운 판타지를 만들어낸다. 그런데 나는 조금 더, 현실적인 이야기를 하고 싶었다. 나의 이야기, 너의 이야기, 그리고 우리의 이야기를 마치 어젯밤 꿈처럼 생생하게 표현하고 싶었다.

영화를 만든다는 것은 내게 그런 의미였다. 내가 보고 싶은 이야기, 내가 위로받고 싶은 이야기, 내가 감동받을 수 있는 이야기는 분명 다른 이에게도 전달될 거라는, 그래서 그의 그 하루가 소중해질 거라는, 그런 행복한 믿음이 내 가슴을 뛰게 한다. 그 믿음이 내 동력이 된다.

나는 지금의 당신에게 하고 싶은 이야기가 많다.
그렇게 오늘도 출구 없는 예술가의 길을 걷는다.

소심한 청개구리

나는 고집불통 청개구리다. 앞에서는 "네, 잘 알겠습니다"라며 끄덕이고 뒤에서는 하나도 안 듣고 내 멋대로 원래 마음먹은 대로 한다. 어렸을 때는 이런 행동을 한다는 것조차 인지하지 못했다. 말주변이 없고 소심한 탓에 그저 타인의 제안이나 부탁을 거절하는 게 어려웠고, 자기 발언에 익숙하지 않았을 뿐이다.

어느새 나는 말과 행동이 다른 청개구리가 되었다.

열여섯 살, 처음으로 미술학원을 다녔다. 고집불통 딸을 꺾지 못한 어머니는 결국 허락하고 말았다. 하지만 나는 점점 다른 학생들과 실력 차이를 느끼면서 자신감을 잃어갔다. 가만히 앉아 조용히 그림을 그리는데도, 짓궂은 학생들이 몰려와서 너나 할 것 없이 내 그림을 보며 비웃었다.

나는 늘 우스꽝스러운 캐릭터만 그렸다. 다른 친구들처럼 예쁜 그림을 그리고 싶었지만, 잘 되지 않았다. 집에 가는 길에 매일 울었다. '나는 못생긴 그림을 그리는 사람'이라고 스스로 책망하며 네 정거장이나 되는 거리를 훌쩍이며 걸었다.

선생님은 내게 말하곤 했다. 이렇게 안 예쁘게 그리면 아무도 좋아하지 않을 것이라는 말과 함께, 사람들은 예쁜 그림을 좋아할 수밖에 없다고.

4년 후, 학원에서 유일하게 애니메이션과에 합격했다. 아무도 예상하지 못한 일이었다. 실력이 나아진 건 아니었다.

여전히 계속 그리던 그림, 그 모양새를 유지했다. 내가 그린 그림 안에 스토리와 캐릭터를 만들어서 함께 엮었을 뿐이었다. 또 다른 친구들이 10장을 그렸을 때, 나는 100장을 그렸다.

그뿐이었다.

그게 전부였다.

그렇게 대학생이 되어 단편 애니메이션을 제작하였고, 그 애니메이션은 국내 가장 큰 영화제에 공식 초청되었으며, 이후 5년 동안 다양한 영화제에서 상영되고 여러 차례 수상했다. 프랑스 기자와의 인터뷰, 관객들과의 만남, 모든 것이 한여름 밤의 꿈과 같았다.

때로는 타인의 말이 옳을 수도 있으며, 그리고 가끔은 내가 틀렸을 수도 있다. 타인의 말을 진지하게 경청은 하되, 나는 내가 하고 싶은 대로 실천한다. 남 탓하는 건 싫다. 그래서 내 멋대로, 앞으로도 내가 선택하고 행동한 결과의 깨달음을 스스로 얻을 것이다.

내 안에서 틀린 답이라는 판단을 내리고 포기할 때까지, 아마 청개구리의 소심한 도전기는 계속되지 않을까.

시든 꽃

한번 시든 꽃은 아무리 따스한 햇볕을 쬐고 맑고 깨끗한 물을 머금어도, 시들기 이전으로 다시 돌아갈 수 없다. 우리 삶과 많이 닮아 있다. 젊음은 안타깝게도 영원하지 않다.

그러나 시든 꽃도 그만의 아름다움이 있다. 겉으로 드러나지는 않아도 그 내면에 분명 아름다움이 깃들어 있다고 믿는다. 그런 의미에서 언젠가부터 시든 꽃잎을 버리지 않고 투명한 유리컵에 차곡차곡 모으고 있다.

그 안에서 그들만의 진솔한 이야기가 오가기를 기대하면서.

어느 예술가의 청원

재판장님,

제 죄를 인정합니다.

부탁하건대

연필 한 자루와

종이 한 장만

매일 제공해주십시오.

그리고 약간의 커피와

가끔 감옥 주변을 산책할 수만 있으면 됩니다.

아, 음악은 들을 수 없는 겁니까?

지금 만나러 갑니다

인연 1

내가 당신을 사랑했을 때는 당신은 나를 쳐다보지 않았고, 당신이 나를 바라보았을 때는 나에게 나를 내어줄 마음의 여유가 없었다. 그래서일까, 내 순정은 늘 허무하게 홀로 남겨졌다.

왜 내가 원하는 대상은 나를 원하지 않을까?
나도 누군가에게 상처와 시련을 줬을 수도 있겠지. 결국 돌고 도는 회전목마 인생인 걸까. 서로에게 결코 가까이 닿을 수 없는, 움직이지 않는 조랑말을 탄 기분이다.

내가 원하는 상대와 잘된 기억이 거의 없다. 다가가면 멀어지고, 멀어지면 다가갈 수 없었다. 그렇게 낡고 힘없는 몸을 펄럭이며 정처 없이 날아다녔다. 인연 만들기에 너무 집중해서도 너무 관심을 가져서도 안 된다는 것을, 뒤늦게 알았다. 그런 말이 있지 않은가.

만날 사람은 만나지 않으려고 해도 만나게 되고, 못 만날 사람은
아무리 애를 써도 이어지지 않는다.

인연 2

내가 원하는 인연을 찾아간다는 것, 참 어려운 일이다. 어쩌면 인연이라는 것은 말랑말랑한 솜사탕 같은 것이 아니라 메마른 감정에서 시작되는 것이 아닐까. 모든 것을 내려놓고 나의 갈 길을 갈 때, 그 메마른 나에게 서서히 찾아오는 봄바람과 같은 것 아닐까. 언제든 순정을 받아들일 넓고 아늑한 보금자리를 가슴 한 켠에 마련해둔다면, 그것만으로 인연을 맞이할 준비가 된 것 아닐까.

정말 인연이라면,
갖은 노력을 애써 하지 않아도 마중 나오지 않을까.

인연3

공식적으로 약속된 사랑은 모두 종료되었을지라도, 비공식적으로 이별을 하지 않는 사람들이 있다.

완전한 이별은 각자 사는 세계가 완전히 분리된 것이다. 그 나라의 비자를 취득할 수도 없고, 여행객으로 방문할 수도 없다. 너무나 멀리 떨어져 있어서 망원경을 써도 관찰할 수 없다. 전화나 문자를 해도 언어가 달라 도저히 알아들을 수 없다.

끊임없이 과거 속에서 허우적거려도
다시 만날 수 있는 인연이 아닌 거다.

봄

너의 손을 잡고

걷던 그 길

너의 손을 잡고

맡았던 그 향기

너의 손을 잡고

미소가 끊이지 않았던

그해 그 봄날

선인장

이상해.

뭐가?

선인장에 꽃이 하나도 안 폈어.
뾰족한 가시들뿐이잖아.

내 눈엔 보이는 걸.

어디에 있는데?

제일 가까이에 있잖아.

스물다섯의 너

하늘이 새파랗고 초록색 나뭇잎이 흩날리던 초여름, 스물다섯.
그리고 내가 바라본 너의 마지막 모습도, 스물다섯.

그렇게 너는 언제나 스물다섯.
내년에도 너는 스물다섯, 그 후년에도 스물다섯.

우리가 함께 서로를 바라보지 않아서
손을 잡고 걸어가지 않아서
계절이 흐르지 않아서

너의 스물여섯, 스물일곱은
내게 없으니

넌 늘 내게 스물다섯.

러브레터

처음의 너는, 완전하지 않았다. 어느 누구도 완전하진 않겠지만, 그때 너는 더욱 그랬다. 수평이 맞지 않고, 초점이 어긋나고, 볼품 없는 배경에서 찍은, 심지어 포즈도 어색한, 모든 것이 어설픈 그런 사진처럼. 처음의 너는 마치 그런 사진 같았다.

다만 서툰 모양에 또렷한 색은 아니지만, 그 인상은 꽤 오래 내게 남았다. 시간이 흘러 네가 조금씩 균형을 잡아갔다. 모르는 사이 변화가 일었다. 예쁜 배경에, 근사한 옷을 입고, 자연스러운 포즈에, 여유로운 미소까지. 새로운 터전을 향해 달려가는 너를 보았다. 어느새 반듯하고 세련된 모습으로 환하게 웃고 있었다.

빛과 그림자가 전부인 무채색의 네가 내게 왔을 때 내 안에서 무슨 일이 일어났는지, 나는 모른다. 단지 무언가가 계속 나를 두드렸고, 응답이 없자 다시 두드렸고, 어느새 성큼 들어와 숨을 불어

넣곤 네 존재를 알렸다. 그렇게 너의 존재가 나에게 왔을 때 '처음'이 시작되었다. 보고 있어도 보고 싶은 이유는 너와의 처음을 떠올렸기 때문이다.

처음의 순간을 사랑이라 기억하고,
그 사랑을 첫사랑이라 부를 수 있게 되었다.

모든 것은 지나고 나서야 그 의미를 알 수 있다.

당신의 날씨

비가 오는 날을 좋아합니다. 이왕이면 매일 비가 왔으면 좋겠습니다.

비가 오면 온 세상이 하루 종일 칙칙한 잿빛으로 가득 찹니다. 그 어둠에 비하면 나의 슬픔은 별 것 아닌 것 같습니다. 내가 밝아질 수 있는 시간이 허락된 것만 같습니다. 더불어 빗소리에 내 몸의 온도가 덩달아 시원해집니다.

모든 바퀴가 빗물에 굴러가는 소리도 좋아합니다. 잠에서 덜 깨 비몽사몽일 때에는 어렴풋이 파도치는 소리처럼 들립니다. 멀리 가지 않아도, 나는 내 방을 바닷가로 꾸밀 수 있습니다.

회색을 좋아합니다. 정갈하고, 깨끗하고, 차분해지는 느낌입니다. 그러나 날이 밝을 때는 회색 옷을 입지 않습니다. 비가 오는 날에만 아무 무늬 없는, 회색 티셔츠를 입습니다. 이유는 모르겠습니다. 그 회색에서 뭔가 발견했는지도 모릅니다. 아니면 그저 빗방울에 섞여 숨고 싶었던 건지도 모르겠습니다.

여기는 지금 비가 오고 있습니다.
그래서 기분이 좋아졌고, 기분이 좋으니 연필을 들지 않을 수 없었습니다. 그림을 그렸습니다. 무얼 그릴까 하다가, 바닷가를 거니는 달콤한 상상을 해보았습니다.

당신이 있는 곳은 어떠한가요?
당신의 날씨는 어떠한가요?

지금 만나러 갑니다

눈보라 치는 겨울,
나는 너를 만나러 가고 있다.

꽁꽁 얼어버린 거리의 바닥을 딛고
한 걸음 한 걸음 쓰러질 듯 뒤뚱거리며
나는 너를 만나러 가고 있다.

차갑고 매서운 바람에 얼굴은 벌게져
뜨거운 눈물이 정신없이 흘러나오는데
나는 너를 만나러 가고 있다.

조금만 견디면
너를 볼 수 있다는 생각에
오늘도 홀로 걷는다.

네가 말했었잖아

네가 말했었잖아.

내가 부르면 언제든지 달려와주겠다고.

아무 이유를 대지 않아도 한걸음에 오겠다고.

나는 그래도 이유를 붙이고 싶어.

첫째, 너를 아주 많이 사랑해.

둘째, 너를 아주 많이 생각해.

셋째, 너를 향한 마음은 진심이야.

이렇게 말하니

네가 떠올라서

마치 본 것만 같아.

그러니

굳이 오지 않아도 돼.

그냥 늘 내 옆에만 있어줘.

그 시절, 우리가 좋아했던 소녀

그때 우리집 앞까지 데려다줬잖아.

그랬어?

응. 너, 나 좋아했지?

아니.

그럼 왜 데려다줬는데?

방향이 같았을 뿐이야.

너희 집은 저쪽이고, 우리 집은 이쪽인데?

난 바람이 부는 방향으로 걷는 습관이 있어.

그때 바람이 너희집 쪽으로 불었나보지.

말도 안 되는 소리 한다.

진짜야.

너무 늦었다, 나 이제 갈게.

응. 잘 가.

뭐야, 왜 따라와?

……

구름이 이동하는 방향으로 걷는 습관이 있거든.

오늘은 그쪽으로 움직이네.

네가 했던 말

봄

그녀를 봄

그녀를 사랑하나 봄

나, 너를 만나고 싶어

너를 더 만나고 싶어.

지금도 만나고 있잖아.

아니, 연애하고 싶다고.

나는 사랑을 하고 있어요

나는 사랑을 하고 있어요. 맞아요, 나에게는 사랑하는 사람이 있어요. 그런데, 왜 자꾸 당신을 만날 것만 같죠? 당신은 나를 모르고 나도 당신을 모르지만, 어쩐지 나는 당신이라는 사람을 좋아하게 될 것만 같아요. 어쩐지 우리는 언젠가 만날 것만 같아요.

지금 이런 내 마음, 이해하나요?
그렇다면 지금 나는 사랑을 하고 있는 건가요,
사랑을 하고 있지 않은 건가요?

그대로 있어주면 돼

움직이지 않아도 돼.

다가오려 하지 않아도 돼.

내가 너에게 걸어가고, 내가 너에게 달려가고, 내가 너에게 다가

갈 테니까.

하늘을 봐, 구름이 참 많아.

우리도 그러면 안 될까.

더 이상 멀어지지도 말고, 사라지지도 말고

고개를 돌리면 언제나 나는 네 곁에

너는 내 옆에 있어주면 안 될까.

미안하다는 말은 하지 말아줘.

내 곁에서

내 눈을 바라보며

내 손을 잡아주는 것만으로도

매일 행복할 것 같으니까.

보고 싶었어.

내가 가진 것을 다 주고 싶을 정도로,

네가 가진 것을 전부 받지 않아도 괜찮을 정도로.

그래서 말인데

우리, 그냥 이대로 사랑하면 안 될까.

그 한마디

그냥 네 생각이 나서 전화했어.

우산

이상해.

뭐가?

비가 오는 건지, 안 오는 건지 모르겠어.

사랑을 통과하고
조금 자랐습니다

너의 소리

분명 너의 소리였다.

흩어져 있는 공기 속에서 너의 소리를 들었다.

조금만 더 기다려 달라고, 내게 오고 있다고.

아름다운 기다림이라 믿었던 나는,

무심히 한 계절을 보내고

또 하나의 계절을 더 보낸 뒤에야 알게 되었다.

그것은 단지 벚꽃이 흔들리는 소리였고

그것은 단지 매미가 우는 소리였고

그것은 단지 낙엽의 바스락댐이었고

그것은 단지 눈이 소복이 쌓이는 소리였다.

모든 것이 너의 소리라고 믿었던,

나의 과거는 이제 끝났다.

결국 실재하지 않았던, 그 소리는 사랑이 아니었다.

내 눈앞에서

내 어깨를 감싸 안고

조용히 공기를 타고 돌고 돌아

내 귓가에 닿는 그 소리

나의 현재를 궁금해하고

나의 현재를 사랑한다는,

그 소리만이

내가 진정으로 들어야 하는

소리라는 것을.

꽃 피는 봄이 오면 1

예체능을 전공한 나와 달리 그는 공대생이었다. 자기 분야에 욕심도 많고 목표가 뚜렷했던 그는 대부분의 시간을 도서관에서 보냈다. 자연스럽게 우리는 점점 멀어졌다. 헤어지기 몇 달 전, 공원에 나란히 앉아 밤하늘의 달빛을 바라보며 우리는 한동안 아무런 말도 하지 않았다. 점점 소홀해지고 있다는 사실은 부정할 수 없었다. 나를 바라보는 그의 눈빛이 이전과 달리 힘을 잃어가고 있었다. 아마 그때부터 우리는 이별을 맞이하고 있었는지 모르겠다. 그는 내게 더 이상 잘해줄 자신이 없다고 했다. 내 두 눈을 바라보며 내 두 손을 잡으며 떨리는 목소리로 말을 건넸다.

그렇게 그가 이별이라는 단어를 꺼내었다.

누군가를 아무런 한계 없이 오래도록 사랑할 수 있다면 얼마나 좋을까? 예전에는 조금이라도 연락이 닿지 않으면 그날 하루가 참 힘들었는데, 몇 달을 홀로 보내도 그다지 대수롭지 않다. 잊지 못해서 늘 슬퍼할 줄만 알았는데, 오히려 무감한 나날이 이어지고 있다.

그저 가끔 지나가다가 맑은 하늘을 보면, 이런 날 공부만 하지 말고 내 생각 정도는 해줬으면 좋겠다, 라는 바람을 안고 허탈한 웃음을 짓는다.

그제야 그가 꺼낸 이별이라는 단어가 와닿았다.

꽃피는 봄이 오면 2

1년 뒤, 전화를 먼저 건 것은 내 쪽이었다.
통화 연결음이 끊기기 직전, 익숙한 음성이 들려왔다.

그는 여전히 목표를 향해 숨 돌릴 틈 없이 뛰어가고 있었다. 내가
곁에 없어서 삶에 더 집중하고 있는 것 같다는 생각이 들자, 들떴
던 마음이 서서히 가라앉았다.

우리, 다시 만날 수 있을까?

두 시간가량 서로의 이야기를 나눈 뒤 그가 던진 한마디.
차마 답할 수 없었다. 다시 만난다고 우리가 이전으로 돌아갈 수
있을까?

그는 자신이 취업이 된다면, 얼굴이라도 한번 볼 수 있으면 좋겠

다고 했다. 그렇지만 자신을 기다리지는 말라고, 좋은 사람이 다가오면 놓치지 말라며 당부했다. 좋은 사람이 생기면 알려달라는 그 말이 가슴을 찔렀다.

그렇게 그와의 통화는 끝났다.

이상스레 한결 마음이 편해졌다. 우리가 정말 인연이라면, 언젠가 꼭 만날 수 있겠지.

이미 너는 나에게 많은 선물을 남기고 간 사람이니, 욕심을 부리지 말자.

꽃피는 봄이 올까.

그 날이 온다면, 너도 나도 맑은 사람이 되었으면 좋겠다.

빛나는 사람, 그대

오늘 하루 참 힘들었지?
속상해서 부서진 너의 마음이
결국 가루가 되어버렸네.

내가 그 작은 조각들을 찾아서
풀로 하나하나 꼭꼭 붙여줄게.

혹시라도 갈라진 틈새 사이로
먼지 하나 들어가지 않도록
테이프로 칭칭 감아줄게.

그러니, 오늘은
마음 편히 울어도 돼.
내일은 훨훨 날 수 있을 거야.

더 씩씩하고
더 높이
더 찬란하게.

빛나는 사람, 그대

모른다

네가 갑자기 나를 두드리면

나는 모른다.

그 두드림에

내가 어떠한 감정을 갖게 될지는

나는 알지 못한다.

그런데
네가 자꾸만 내 앞으로
가까이 다가와
나의 손끝에 네 손이 닿고
너의 숨소리가
너의 눈빛이

또 다시 나를
두들긴다면

그때도 나는,
모른다고 말할 수 있을까.

네게서
도망갈 수 있을까.

먼 길

비 오는 날, 우산을 쓰고 걷는 당신의 뒷모습을 보았습니다.

차마 다가가지 못했습니다.

당신의 옷깃이 저기 있는데 혹시 나를 볼까

염려되어 속도를 늦추었습니다.

이유는 모릅니다.

그저 그렇게 해야 할 것 같았습니다.

그러다 우리는 버스정류장에서 만났습니다.

내가 아주 가까이에 있는데도

당신은 나를 보지 못하더군요.

내가 당신의 그림자를 밟고 있었는데도

당신은 나를 보지 못하더군요.

그제야 눈에 들어오기 시작했습니다.

다른 누군가를 향해 미소 짓는 당신의 얼굴을 말입니다.

먼 길을 돌고 돌아서 우리는 다시 만났지만

정작 그 길 위에는 내가 없었습니다.

다만 널 사랑하고 있어

세수를 하고 거울 앞에 앉았다. 어김없이 오늘의 나를 맞이한다. 정해진 순서대로 단장을 한다. 여느 때와 다름없는 보통의 날이다. 고요한 방 안, 긴 침묵이 지속되자 문득 어떤 기억이 날카롭게 스치며 나를 뒤흔든다. 아무렇지 않게 버려졌던 사랑의 종말이 떠오른다. 내던져진 이별을 받아들여야 했던 그날이 재생된다. 이것이 나에게 줄 수 있는 최선이었느냐며 포효하듯 물었어야 했다. 그러나 그러지 못했다. 그때는 당신이 언젠가 돌아올 것만 같았다.

다음에 다시 만나자고 했던 너의 마지막 약속을, 이제는 믿지 않는다. 결국 지금이 아닌 것은 다 가짜다. 지금의 너는 나를 궁금해하지 않고, 지금의 너는 내 옆에 없고, 지금의 너는 더 이상 나를 사랑하지 않는다. 지금 일어나지 않는 일은 내일도 모레도 일어나지 않는다.

그렇지만 가끔씩 나 자신도 이해할 수 없는 행동을 한다. 너인 줄 알고, 너이길 바라면서, 너라고 생각하면서, 너의 그림자를 닮은 사람을 따라간다. 지워지지 않는 너의 흔적을 따라 본래의 방향을 잃은 채 정처 없이 끌려 다닌다. 지금의 네가 어떠한 모습이든, 나는 다시 너를 사랑할 수 있을 것만 같다.

이렇게 늘 머리와 가슴이 따로 논다.
꾹꾹 눌러왔던 체념은
늘 언제나 미련 앞에서 쓸쓸히 패하고 만다.

나, 너 그리고 바다

바닷가 모래밭에 쭈그려 앉아

가느다란 나무 막대기로

그림을 그리는데

커다란 파도가

애써 남긴 흔적을 모두 가져간다.

굴하지 않고

처음부터 다시 그림을 그린다.

이러한 까닭으로

나는 너를 잊지 못한다.

잊히는 것이 두려워

다시 떠올리고

또다시 떠올리니
선명해지고
새로워지고
생생해져만 간다.

또다시
파도가 몰려오는 소리가 들린다.

별똥별

너는 나에게 별똥별이다.
빛나는데 가질 수 없고
캄캄한 어둠이 찾아와도
모습을 드러내지 않는다.

지금 어디쯤인지
언제쯤 도착하는지
물을 수도 약속할 수도 없다.
너는 그렇게 나에게
아주 먼 사람이 되어버렸다.

그럼에도 불구하고
또다시 높은 곳으로 올라간다.

네가 없어도 네가 있는 기분을 느끼며
나는 오늘도 별똥별을 기다린다.

이별 보고서

때로는 예측할 수 없는 이별이 찾아온다. 내 사랑은 좀처럼 식을 줄을 모르는데, 갑작스러운 이별 통보에 모든 신경은 일시 정지. 놀란 마음에 어떻게든 달래보지만 그럴수록 상대는 어떻게든 분리되고자 단계를 높여가며 독하고 모진 말들을 뱉어낸다. 늘 곁에 붙어 있던 사람을 어찌 그리 쉽게 뜯어낼 수 있단 말인가. 힘없이 공중을 배회하다가 결국 방향을 잃고 바닥에 떨어지는 실밥 같은 신세가 되고 만다.

좀처럼 억울한 감정이 밤새 잦아들지 않을 때
주문을 외우기 시작한다.
생각해보니 그는 단점 투성이야.

그의 단점들이 거대하게 몸집을 키운다. 그 작고 사소한 결함 때문에 언젠간 이별의 순간이 왔을 것이라는 확실한 예감에 사로잡

한다. 실낱 같은 자존심을 지켜주는 유일한 방법은 내가 못난 탓이 아니라 그대가 못난 탓에 대해서 되새기는 일뿐이다.

슬프고 서러워질 때마다 얼마나 나에게 이롭고 고마운 이별인지, 이별 보고서를 작성하여 친구들에게 동의를 구한다. 그들은 하나같이 이렇게 말한다.

그래, 오히려 잘된 일이야.

이별 보고서에 대한 꽤 성공적인 평가를 받고서도 어쩐지 마음 한구석이 아리다.

너에게 나는 그저 뜯어내야만 하는
실밥이었다는 사실에 서글퍼진다.

꿈속에서 우리

보고 싶어

너의 한마디에

우리는

다시 만나

누가 먼저라고 할 것도 없이

손을 잡고

두 눈을 마주 보며

다시는 헤어지지 말자

그러곤 사랑을 나눴지

우리가 처음 만났던 그 장소에서

그리움에 가득 찼던

애타는 마음

한 번에 녹아버렸네

한적한 새벽

아무도 없는 공원

강가에 나란히 앉아

물가에 비친 우리의 모습

그리웠던 너의 얼굴

더 가까이서 보고 싶어

들뜬 마음에 한참 바라보다가

갑자기 몸이 앞으로 기우뚱

물속으로 빠져 버렸지

빠른 속도로 가라앉는 나의 육체

나를 내려다보는 너의 모습

온몸이 너무 차가워

안아줘, 안아줄 수 있니

그때 어디선가

따뜻하고 커다란 손이

나를 감싸 안아

빛이 있는 곳을 향해

한없이 올라가네

눈을 다시 떠보니

서서히 선명해지는 공간

고요한 내 방

무너질 듯한 천장

오늘도

내가 만들어낸

슬픈 연극

외로움이 그리워질 줄은

외로워야 하는데 외롭지 않다. 고독해야 하는데 고독하지 않다. 참 이상하다. 무덤덤해지고 있다. 만남도 헤어짐도 이제 나와 먼 이야기가 되어버렸다. 오히려 다른 이의 이야기를 즐겨 듣는다. 누군가의 사랑 이야기, 누군가의 이별 이야기를 하루 종일 듣고 공감해주고, 몇 마디의 조언을 해주는 것으로 나의 역할은 끝이다. 외로움이 그리워질 줄은 몰랐다. 커다란 바늘로 찔러야 하나. 피라도 한 방울 나와야 살아있다는 것을 느낄 텐데. 무감각해지는 것이 이렇게 불안한 것인 줄은 알지 못했다.

외로움이 그리워질 줄은.

가을바람

나는 너의 눈을 바라본다.
너도 나의 눈을 바라본다.

우리는 서로의 눈을
바라본다.

그날따라
한 줄기의 달빛이
유독 너에게로 떨어졌는지.

그대는 모르겠지.

나를 바라보던,
너의 영롱한 눈빛으로 인해

나의 사랑이 시작됐고
너와의 사랑을 지속하게 됐음을.

그대는 모르겠지.

그 흔한 노천카페에 가지 않아도
달콤한 기운을 디저트 삼아 이야기하고
바삭거리는 낙엽소리에 향긋한 미소를 짓고
두근거리던 그 가을밤을.

후회

사랑을 너무 선선히 떠나보냈다.

잔잔한 강물에 종이배를 띄우듯이, 그렇게 보내버렸다.

어리석게 저만큼 떨어져서 당신이 떠나가는 것을 묵묵히 지켜보기만 했다.

그러면 안 되는 거였다.

필사적으로, 붙잡으려 했어야 했다. 그 작은 종이배가 바람에 떠밀릴 때마다 심장에서 쿵쿵 소리가 나는 것을 진작 알아차렸어야 했다. 옷을 벗어던지고 뛰어들어야 했다. 당신에게 해줄 말이 아직 많다며 충분히 울부짖었어야 했다. 당신의 옷자락을 잡고 놓지 말았어야 했다. 그리고 당신의 눈을 한 번이라도 더 간절하게 바라봤어야 했다.

올리브 나무 사이로

남자는 청혼하고, 여자는 거절한다. 얼음처럼 차가운 여자는 반응이 없다. 그러나 이 영화의 빛은 마지막에 숨어 있다. 숲이 우거진 올리브 나무 사이로, 오늘도 어김없이 남자는 여자를 쫓아다니며 사랑을 고백한다. 카메라는 멀리서 이 둘의 풍경을 담는다. 바로 그때, 청년은 아주 빠르게 춤추듯 가던 길을 되돌아 나온다. 그의 표정이 보이지 않지만, 우리는 알 수 있다. 여자가 남자의 청혼을 수락한 것이다.

사랑은 빛을 향해 걸어간다.
사랑은 용기를 만들어낸다. 사랑은 용서를 부르고, 사랑은 변화를 가져오고, 그리고 사랑은 절망의 늪을 한순간에 봄의 정원으로 만들어버린다.

나를 알아봐 주는 단 한 사람이면 된다.

내 안의 작은 빛을 발견하고 자랑스러워하는 사람, 그 한 사람으로 충분하다. 참된 사랑은 가시넝쿨 속에서 온몸이 상처투성이가 될지라도 '그래도, 살아가야 한다'는 거대한 힘과 용기를 선사한다.

무슨 일이 있어도, 사랑의 끈을 놓지 않기를. 그럴 수 있기를.
영롱한 바닷물결처럼, 자신의 아름다움을 체감하며 삶을 살아가기를.

어렸을 때 혼잣말을 많이 했다.

집 앞에 있던 커다란 나무 한 그루, 항상 들고 다녔던
나무 막대기, 분홍색 딸기 인형이 생각난다.
모든 자연과 사물은 나의 대화 상대였다.
어쩌면 그때부터 고독한 나그네의 길을 걸으며 살게 되리라는
운명을 짐작하고 있었는지도 모르겠다.

나는 역시나 어딘가에 계속 해소를 해야 하는 사람인 것일까.
내 안에 있는 걱정과 고민을 대체할 어떤 것이 항상 필요했다.
그래서 그림을 그리기 시작했고,
그것을 설명할 글들을 써내려 가곤 했다.

불안하고 험난한 정신세계를 가졌음에도 불구하고
나를 이해해주고 지지해주는 (그들도 뭔지 모를 어떤 힘에 낚여
빠져나갈 구멍을 찾지 못해 그저 머물러 있는 건지도 모르겠지만)
정말 몇 없는 오랜 친구들에게 감사를 전한다.

세상에서 가장 작은 나를 사랑해줘서 고맙다.